前世刑事

～前世特殊能力特別捜査課～

AOI MIYAKAWA

街灯出版

前世刑事

〜前世特殊能力特別捜査課〜

表紙イラスト：水華ろに

目次

登場人物

○鳴海皐月……新人の女性刑事。前世特殊能力特別捜査課に配属される。
○市川甲斐人……前世特殊能力特別捜査課のメンバー。前世は犬。
○小笠原美咲……前世特殊能力特別捜査課のメンバー。前世は犬。
○鈴村祥子……前世特殊能力特別捜査課のメンバー。前世は猫。
○館山真紀子……前世特殊能力特別捜査課のメンバー。前世は鳥。
○沢村忠志……前世特殊能力特別捜査課のリーダー。
○戸倉弥生……皐月の大学の同級生。新人小説家。
○根岸睦月……皐月の大学の同級生。銀行員。
○鳴海綾子……皐月の母親。

第一話

前世特殊能力特別捜査課

1

鳴海皐月は、目の前の姿見に映る自分の姿をじっと見つめた。

紺色のパンツスーツはクリーニングに出したばかりで綺麗な状態だ。長いストレートの黒髪は、一つ結びでまとめている。化粧もシンプルで、いかにも真面目な印象だ。

皐月は、目を閉じて大きく深呼吸をした。

「……今日で、刑事講習は最後。終わったら……ついに、刑事課勤務だ」

皐月はそう呟くと、コートを着てトートバッグを肩に掛け、マンションの玄関を出た。駅に向かって足早に歩きながら、皐月は高鳴る気持ちを抑えきれずにいた。

ついに、ついに、夢が叶うんだ。三十五歳にして、刑事になる夢が。

ずっと、子供の頃からの夢が――。


皐月は、部屋の中で椅子に座っていた。皐月と同じように刑事になるための刑事講習を受けている数人も一緒だ。目の前の机には、裏返しにされた紙が一枚置かれている。

皐月はその紙を見つめながら、これはいったい何の試験なんだろうと思った。事前に、試験の内容は全く聞かされてなかった。

「それでは、始めて下さい」

試験官の声と共に、全員が一斉に紙を捲る音がした。

皐月はペンを手に取り、紙に書いてある内容を見た。

紙には、短い質問がいくつか羅列してあり、ＹＥＳ，ＮＯ，どちらかに○を付けるように指示されていた。

一問目の質問を読むと、自分は慎重な性格である、と書いてあり、二問目には、自分は行動的な性格である、と書かれていた。

なるほど、性格診断のような物か……。どういう性格かで、刑事の仕事の適正を調べるテストなのかもしれない。

皐月は納得すると、一問目にはＹＥＳに○、二問目にもＹＥＳに○を付けた後、ちょっと考え込んだ。慎重な性格であり、同時に行動的な性格であるって、矛盾してるかな……。でもどっちも当てはまるんだから、仕方ない。変に考え込まず、ここは正直に答えた方がいいだろう。

皐月は次々に質問に答えていったが、ある質問の前で、ペンが止まった。その質問には、こう書かれていた。

前世の記憶がある。　ＹＥＳ　ＮＯ

「……」

皐月は思わず、まじまじと質問を見つめてしまった。

な、なに、この質問……。いったい、どういう……。

皐月は軽くパニックになりそうだったが、冷静に質問の意図を考えようとした。これは……前世の記憶がある、などという質問に思わず○をしてしまうような奇妙な思考の持ち主を排除しようとしているのだろうか……。確か、飛行機のパイロットの試験も、ＵＦＯを見た事があるか、と質問されて、ありますと答えると落とされるとか昔、聞いた事があるけど……。それとも何か、別の意味が……。

皐月はしばらく思案した後、正直に答えようと思った。前世の記憶？　あるわけないでしょ、そんなの。

ＮＯに○を付けようとした瞬間、ふいに、子供の頃の、祖母との会話が蘇った。

それは、夏休みに母の実家に遊びに行き、縁側で並んでスイカを食べていた時の会話だった。

その時、皐月は四歳ぐらい、祖母は七十歳ぐらいだった。

「皐月、お前に教えておくけどね、人からＹＥＳかＮＯかを迫られた時、それが犯罪ではないかぎり、出来るだけＹＥＳって答えるんだよ」

「ＹＥＳとＮＯって何？　犯罪って何？」

「犯罪は、すごく悪い事だよ。ＹＥＳは、はい、ＮＯは、いいえ。犯罪でないかぎり、ＹＥＳって言うんだ。どうしてかっていうと、ＹＥＳって言葉はすごく前向きな言葉だからだよ。前向きさは、すべての道を開いてくれるんだ」

「ふーん」

「いいかい？　ＹＥＳかＮＯか。迷ったら、ＹＥＳだよ」

「分かった！」

皐月はスイカの種を顔に付けたまま、満面の笑みで、頷いた。

皐月は回想から覚めると、溜息をついた。なんでこんな時に急に、おばあちゃんの言葉を思い出したんだろう……。

皐月は目の前の質問をじっと見つめた。

前世の記憶がある。ＹＥＳか、ＮＯか。

この質問にどんな意味があるのか、考えても分からない。分からないんだったら……あえて、ＹＥＳもありかも。

皐月は思い切ってＹＥＳに〇を付けた。

その後、次の質問を見ると、こう書いてあった。


前世の記憶がある、の質問に〇を付けた人だけ、次の質問に答えて下さい。

前世は、動物だ。　ＹＥＳ　ＮＯ

「……」

ますます意味が分からない……。前世が動物って……。前世が動物だったら、だから、何……？

皐月は思案の末、乗りかかった船だ、とばかりにＹＥＳに〇を付けた。

一週間後、皐月は警察官として勤務する葛飾区の葛飾警察署の署長に、告げられた。

「鳴海皐月、君は、このたび本庁の刑事部に勤務する事になった」

「本庁の刑事部って……。えっ、私、ここの葛飾警察署で刑事になるんじゃないんですかっ？　てっきり刑事になっても所轄勤務だと思ってたんですが……」

驚いて聞き返す皐月に、署長は溜息を付いて、

「俺もそう思っていた。ただ、本庁から直々にお達しがあったからな……」

「本庁から……？　いったいどうして……」

「それは俺が聞きたいよ。とにかく、来月から警視庁本部の刑事部に異動だ。刑事として、頑張ってくれ」

「分かりました……。ちなみに、刑事部のどこの課ですか？　あ、まさか、捜査一課とかっ!?」

皐月が期待を込めて聞くと、

「さすがにそれはない。お前が配属されるのは……本庁の特別捜査課だ」

「……特別捜査課？」

2

皐月は警視庁本部の受け付けで教えられた通りに、エレベーターを地下一階で降り、廊下を真っ直ぐに歩いて行き、突き当たりで立ち止まり、右側の部屋のドアを見た。

ドアには、ＺＴＮＴＳＫと英語で書かれたプレートが張ってあった。

ＺＴＮＴＳＫ……？　皐月はプレートに書かれたローマ字をまじまじと見つめた。

後半のＴＳＫは、特別捜査課の略だと思うけど、前半のＺＴＮは何の略だろう……。

訝しい気持ちのまま、皐月はドアをノックした。中から、「どちら様？」と女性の声がした。

「本日から特別捜査課に勤務になった鳴海皐月です」

皐月が答えると、「どうぞお入りになって下さい」と、今度は男性の声がした。

「はい。失礼します」

皐月が緊張した面持ちでドアを開けて中に入ると、そこは普通のオフィスのような部屋で、いくつかの机と椅子と、スチール製の棚が置かれていた。そして、男性が二人、女性が三人、計五人が何故か横一列に整列して立っていた。

一番左端にいる男性は五十代前半ぐらいに見える中年男性で、背が高く痩せていた。その隣にいる男性はかなり若く、二十代前半ぐらいに見え、背は高かったが女の子のような可愛い顔をしていた。その隣にいる茶髪のウエーブのかかったボブカットの女性も二十代前半ぐらいに見え、いかにも今時の若い子といったオシャレな感じだった。残りの二人の女性は皐月と同世代ぐらい、三十代半ばぐらいに見え、一人は黒髪のショートカットで快活な感じで、もう一人は黒髪のボブカットで、ふくよかな体形をしていた。

中年男性がニッコリと微笑み、皐月の方へ一歩踏み出し、

「私はこの課のリーダーの、沢村忠志です。私達の……前世特殊能力特別捜査課に、ようこそ」

と、言った。

皐月は呆然として、沢村の顔を見つめた。

「ぜ、前世特殊能力……特別捜査課？」

皐月が思わず聞き返すと、沢村は急にざっくばらんな口調になって、答えた。

「そう。俺はまとめ役なんで違うんだが、俺を抜かしたここにいる四人は、前世が動物なんだ。そして、人間に生まれ変わった今も、前世に動物だった時の特殊能力を引き継いでいて、その能力をいかして、刑事の仕事をしている」

「……」

「皆、鳴海皐月さんに自己紹介してくれ」

沢村は、横に並んでいる四人の方を見て言った。すると、沢村の横にいる若い男性が口を開いた。

「じゃあ、僕から。僕は、市川甲斐人です。前世は、犬です。どうぞよろしくお願いします」

そう言った後、人懐っこい顔でニコッと笑った。

次に市川の隣にいた茶髪のウエーブのかかったボブカットの若い女性が、

「私は小笠原美咲です。私も前世は、犬です。どうぞよろしくお願いします」

と、いささか無愛想な様子で言った。

次に小笠原の隣にいたショートカットの女性が、

「私は鈴村祥子です。前世は、猫です。どうぞよろしくお願いします」

次に鈴村の隣にいた黒髪のボブカットのふくよかな女性が、

「私は館山真紀子です。前世は、鳥です。どうぞよろしくお願いします」

「全員の自己紹介が終わったな。じゃあ、鳴海さんも、自己紹介をどうぞ」

沢村は皐月を振り返って、言った。

皐月が何も答えず黙っていると、

「あ、簡単な自己紹介でいいから。皆と同じように、名前と、あと前世は何だったかだけ言ってくれれば。前世が何の動物だったかで、仕事の内容も違ってくるしね！」

皐月はまじまじと沢村の顔を見つめた後、勢いよく頭を下げた。

「……申し訳ありません！」

「え？」

「私……嘘をつき……いえ、嘘を書きました！」

「嘘って……」

「前世が動物なんて、嘘なんです！　いえ、そもそも前世の記憶すらありません！　ですから、私はこの課に相応しい人間ではありません！　今すぐ、他の課に移して下さい！」

皐月は頭を下げたまま、心の中で思った。おかしい。この課は、というか、この人達は、明らかにおかしい。こんな所に一秒だっていたくない。私がやりたいのは、あくまで普通の、一般的な刑事の仕事なのよ！　いったい何？　前世の特殊能力をいかした刑事の仕事って！

全然、わけ分かんないから！

皐月の言葉を聞いて、周囲はしん、と静まり返った。沢村が戸惑った口調で、

「どうして嘘なんて書いたの？」と聞いてきた。

「あの、おばあちゃ……亡くなった祖母が、私が幼い頃に、犯罪では無い限り、何でもＹＥＳって答えるんだよって言ってて。ＹＥＳは道を開く前向きな言葉だからって。それで

つい……申し訳ありません」

皐月は頭を下げながらそう言い、沢村の次の言葉を待った。

そうか、じゃあ仕方ないね……。どこか他の課に異動する手続きを取ろう、という言葉を。

「そうか……、じゃあ仕方ないね……」

沢村の声が聞こえて、皐月はホッとした気持ちになり、顔を上げた。すると、

「でも、他の課に異動する必要は無いよ。鳴海さんにはここで働いて貰う」

沢村は笑顔でそう言った。

その言葉を聞いて、小笠原美咲と名乗った若い女性がギョッとした顔を沢村に向けて、言った。

「ちょっと、沢村リーダー……。この人は、前世は動物じゃないって言ってるんですよ？だったら、この課にいてもしょうがないじゃないですか……。本人の希望する通り、他の課に異動した方がいいですよ」

「私もそう思います」

「私も小笠原さんの意見に賛成です」

皐月と同世代に見える鈴村祥子と館山真紀子という二人の女性も、美咲に同意した。残る一人、市川甲斐人という若い男性だけが、何も言わずに皐月を見ていた。

「いや、鳴海さんにはこの課で働いて貰う。前世が動物じゃないとしても……鳴海さんって、運動神経は良い方だよね？」

沢村は皐月をじっと見つめて、言った。

「え？　まぁ、そうですね……運動神経は人並み以上だとは思いますが……」

皐月がつい正直に答えると、

「やっぱり。まぁ、刑事を目指すぐらいだからそうだよね。体にしっかり筋肉も付いてるしね。若い頃からスポーツをやっていた人の体だよね。うちの課はね、さっきも説明した通り、前世、動物だった時の特殊能力をいかして捜査をする部署なんだよ。だから身体能力がずば抜けた人間が集まっているから、普通の人間だと、ちょっとついていけない。でも鳴海さんだったら、きっと大丈夫だと思うよ」

「いえ、大丈夫とか、そういう問題ではなくて……」

「今日から君は俺達の仲間だ。よろしく」

沢村は笑顔でそう告げると、さっと右手を出してきた。

皐月は沢村の手をじっと見つめた。

こ、これは握手を求めてる？　でも、ここで握手しちゃったら……。

「……まぁ、沢村リーダーがそう言うなら、私達は従うしかないですけど……」

小笠原美咲は渋々と言った様子で、呟いた。

「そうね、リーダーがそう言うなら」

「鳴海さん、今日からよろしくね」

鈴村祥子と館山真紀子も頷いて、言った。

「鳴海さん、今日から仲間ですね！」

市川が、満面の笑顔で言った。

「いえ、仲間って言われても……。私はここで働くのはちょっと」

「鳴海、これから力を合わせて頑張っていこう！」

沢村は笑顔で皐月の右手を取り、強引に握手した手をぶんぶんと振った。

皐月は動揺した。さっきまで鳴海さんだったのに、鳴海って呼び捨てになっている……。これは、この課の仲間だって認められたって事？　いやいや、認めなくていいから！

沢村は皐月の手を離した後、

「あ、言い忘れたけど、ここの仕事は本庁のトップシークレットで、仕事の内容を知っている人間はごく限られているから、鳴海も他言はしないように。部屋のドアのプレートにZTNTSKって書いてあったと思うけど、あれは前世特殊能力特別捜査課の略だけど、対外的には、絶対特殊能力特別捜査課って事になってるから。警視庁のホームページで公開されている組織図にもその名前で載ってるから、鳴海もどこの課に勤務してるかって聞かれたら、そう答えて。くれぐれも本当の名前と、仕事内容は言わないように気を付けるように。なんせ、トップシークレットだからね」

「……」

トップシークレットって……。そもそもこんな事、話しても誰も信じないんじゃ……。

「じゃあ、さっそく今日の仕事を始めるか。皆、よろしく」

沢村の言葉が合図のように、鈴村と館山の二人はさっと部屋から出て行った。小笠原と市川も部屋から出て行こうとすると、沢村が呼び止めた。

「市川、お前は今日から鳴海とコンビを組んでくれ」

沢村がそう指示すると「分かりました！」と市川は笑顔で答えた。

「え……どういう事ですか？　市川さんは、ずっと私とコンビだったじゃないですか」

美咲が抗議するように、沢村に目を向けた。

「小笠原は、今日から俺とコンビだ。俺も書類業務ばっかりで、ずっと現場に出てないと腕がなまるからな」

「……そうですか。分かりました」

美咲は心なしか、しゅんとした様子で、沢村と一緒に部屋から出て行った。

市川は皐月に笑顔を向けると、

「じゃあ、僕達も行きましょうか」と言った。

自分の意思とは関係なく話が進んでいる事に困惑しながら、皐月は一応、聞き返した。

「行くって、どこへ……」

3

「僕達の仕事って、基本的に街のパトロールなんですよ」

警視庁本部の正面玄関を出ると、市川が言った。

「パトロールって、パトカーで?」

「いえ、徒歩です。車だといざって時に小回りが利かないので。だから離れた場所をパトロールする時は、そこまで電車で行きます。警視庁だから、パトロールするのは都内だけですけどね」

「はぁ……徒歩でパトロール……」

皐月はますます、この課に対して不信感が湧いた。

普通は刑事が街をパトロールする場合は、覆面パトカーを使うんじゃないの？　交番勤務の警察官だってパトロールする時はパトカーか、自転車を使うんじゃないの？

「さて、今日はどこをパトロールするかな……」

市川は晴れた空を見上げながら、呑気な口調で言った。

「え？　パトロールする場所って、事前に決められてないんですか？」

「決められてません。都内だったらどこでもいいので、そこは自分達で勝手に決めていい事になっています。あ、そうだ。鳴海さんって、以前は葛飾警察署勤務でしたよね。じゃあ、今日は葛飾区をパトロールしましょうか！　じゃあ駅に向かいましょう」

市川は鳴海の方を振り返って、笑顔で言うと、歩き出した。

「……」

私が葛飾警察署にいたから、葛飾区をパトロールって……。何だその、いいかげんな決め方は……。

皐月は市川と一緒に葛飾区に行くための電車に乗りながら、改めて決意を固めた。

やっぱり、この課で働く事は出来ない……。

沢村さんを抜かした全員の前世が動物で、前世、動物だった時の特殊能力をいかした仕事をしているっていう話は、もしかしたら新人の私をからかうための余興というか、ただの冗談だったのかもしれない。対外的に使っているという絶対特殊能力特別捜査課という名前が、真実の名前なのかもしれない。たぶん、そうなんだろう。

でも、冗談でもそんな事を言う人達とはとても一緒には働けない。それに、ただぶらぶらと街をパトロールする仕事をするために、私は刑事になったんじゃない。

とりあえず今日は仕事をこなして、明日、朝一番に葛飾警察署の署長に連絡して、他の課への異動を相談しよう。

皐月がそんな事を考えている内に、電車は葛飾区内にある、駅に着いた。

「ここで降りましょうか」

市川が言い、皐月は一緒に駅を降りて、街中を並んで歩き出した。

都内にしては静かで、歩道の脇には畑があったりした。

「ここらへんは来た事がありますか？」

市川に聞かれ、

「いえ……私が交番勤務だった時は葛飾区内の別の所だったので……」

「そうだったんですね。でも、のどかな感じの良い所ですね」

市川は街並みを眺めながら言った。

「そうですね……」

確かに、ここは私が勤務していた場所よりものどかな感じだ。元々、葛飾区は一応東京二十三区とはいえ、他の区に比べると下町情緒溢れる、のどかな場所だけど……。そんな事を思いながら、皐月は道の脇に広がる畑を眺めた。心なしか、空気も綺麗なような……。

皐月と市川は住宅街に入って行った。平日の昼間のせいか、人がほとんど歩いていない、静まり返った住宅街を二人で歩いていると、ふいに市川が立ち止まった。

「？　どうしたんですか？」

皐月も立ち止まって聞くと、

「……あの人、なんだか変ですね」

市川が小声で呟いた。

「あの人?」

「さっき、すれ違った男の人です」

市川が前方に視線を向けて言った。そこには、さっきすれ違った黒ずくめの服装の男性が、皐月達に、背を向ける形で歩いていた。

「どこが変なんですか? 普通の男性に見えますけど……」

「さっきすれ違った時、汗の臭いがしました。つまり、汗をかいているんです」

「え? 私は汗の臭いなんて、全然気付きませんでしたけど……」

「僕、すごく鼻が利くんです。前世が犬ですからね」

「はぁ……」

前世が犬だから鼻が利くって……。何だそれ。そんな変な理由をつけずに、普通に嗅覚が敏感だって言えばいいのに……。いつまで冗談を続けるつもりなんだろう。皐月はそう言いたい気持ちをぐっと堪え、会話を続けた。

「でも、汗をかいてるからって、どうして変なんですか?」

「おかしいと思いませんか? だって、今は冬ですよ。息は切れてなかったから、走った後でもないだろうし……」

「……」

「恐らく、手のひらに汗をかいているんでしょうね。つまり、緊張している」

「緊張……」

「どうして緊張しているんだと思いますか? 平日の昼間に、住宅街で」

「……」

「ばれないように、後をつけましょう」

「……分かりました」

　皐月と市川は男と距離を取り、物陰に隠れながら後をついていった。男は、しばらく住宅街の中を歩くと、三階建てのマンションの前で立ち止まり、周囲をキョロキョロと見回した後、マンションの正面扉を開けて中に入って行った。

　皐月と市川はマンションまで駆け寄った。皐月は正面扉を見て、

「あれ？　市川さん、ここのマンションの扉、オートロックですよ。あの男、このマンションの住人なんじゃないですか？」

「……いや、そうとは限りませんよ。このオートロック、自動扉じゃなくて、鍵を開けてから自分で扉を開けるタイプですよね。こういう扉って、閉めると同時にロックがかかるんですけど、きちんと閉めないと、開いたままになるんですよ。さっきの男は、この扉にロックがかかっていない事に気付いて、中に入ったのかも……」

「じゃあ、やっぱり、空き巣……」

「その可能性はあります。もし空き巣なら、マンションの部屋を順番に調べて、鍵がかかっていない部屋があったら物色して出てくるはずです。僕はここで待機しますから、鳴海さんはベランダ側に回って、待機して下さい」

「分かりました」

　皐月はマンションの反対側まで走って回り込んだ。その場でしばらく立っていると、突然、左端の二階の部屋の窓が開く音がし、袋のような物を抱えたさっきの男が出て来て、

袋を抱えたまま、ベランダから飛び降りた。皐月は男が飛び降りると同時に駆け寄った。男は着地した後、皐月と目が合うとハッとした顔をし、皐月を両手で突き飛ばした。皐月はバランスを崩し、マンションの前にある鉄製の柵に体ごとぶつかった。

その隙をついて、男は袋を持ったまま駆け出した。

「待ちなさい！」

皐月が後を追いかけようとすると、右手に激痛が走った。右手を見ると、手のひらから大量に出血していた。まずい。さっきぶつかった時に柵にひっかけたのかもしれない。皐月はスーツのポケットからハンカチを取り出した。その時、皐月の声に気付いたのか、市川が皐月の元に走って来た。

市川は皐月の血だらけの手を見てギョッとして、

「鳴海さん、怪我したんですかっ!?」

「大丈夫！　それよりあの男を追って！」

皐月は男が走って行った方向を指差した。見ると、男はもうかなり遠くまで走ってしまっていた。

「分かりました！」

市川は男の方に向かって駆け出した。皐月はハンカチを右手に巻きながら不安に思った。あんなに男との間に距離があると、追いつくのは難しいかも……。皐月は葛飾警察署に応援を頼もうと思い、スーツのポケットから携帯を取り出し、前を見た。

皐月は目の前の光景を見て、ポカンとした。

前を走っていた市川の後姿が、どんどん小さくなり、あっという間に男に追いつき、男の事を確保していた。

「は、早っ!!」

皐月は思わず口に出して、言った。

信じられない。なんていう、なんていう足の速さ。

まるで、人間ではないみたいな――。

皐月は一瞬、呆然としてしまったが、ハッと我に返り、市川と男の元に向かって走って行った。

市川と男の所に皐月が追いつくと、

「鳴海さん、葛飾警察署に連絡して下さい。この男を所轄に引き渡します」と、市川が言った。

「わ、分かりました」

皐月は手に持っていた携帯から電話をした。

4

「お手柄だな、鳴海！　この課に来てまだ初日なのに、もう空き巣を捕まえるなんて、すごいよ！」

皐月と市川が捕まえた男を葛飾警察署に引き渡し、ＺＴＮＴＳＫの部屋に戻ると、沢村が笑顔で言った。

「いえ、私の手柄じゃないです。空き巣を捕まえたのは市川さんなので……」

「コンビなんだから、鳴海が捕まえたのと同じだよ。いや、すごい。これから鳴海が俺達のチームの一員になってくれると思うと、心強いよ」

「チームの一員って、あの、私は……」

今日でここの課を辞めさせて貰うつもりなんですけど……と、皐月が思っていると、沢村は壁の時計を見て、

「もうこんな時間か。とりあえず、今日の仕事は終了だな。よし、これから鳴海の歓迎会をするか！」

「いつもの居酒屋、予約してあります」

ショートカットの鈴村が、言った。

「さすが鈴村。気が利くな。じゃあ、皆、行くぞ」

沢村が部屋を出て行くと、他の皆もぞろぞろと後をついて行った。

皐月も、渋々その後に続いた。


居酒屋へと向かう道を、皐月は皆より少し離れて、後ろを歩いていた。

今日で最後なのに、歓迎会なんて言われてもなぁ……。はっきり言って、気まず過ぎる。早く家に帰りたい。そして、明日朝一番で、葛飾警察署の署長に連絡をして……。さっき、空き巣を引き渡した時は色々な手続きをしていて、会えなかったし……。

皐月がそんな事を思っていると、皆と会話をしていた沢村が急に振り返り、皐月に言った。

「あ、そういえば、分かってると思うけど、朝に話したように、俺達の仕事は本庁のトッ

プシークレットだから、他の人には絶対話しちゃ駄目だよ。もちろん、葛飾警察署の人にもね」

「え……」

沢村はニッコリと微笑むと、また前を向いて、他の皆と会話を始めた。

皐月は動揺した。葛飾警察署の人にも話しちゃいけない……？　じゃあ、葛飾警察署の署長に、この課の人達が前世は動物だなんておかしな事を言ってるから、他の課に異動したいって相談をする事も出来ないの……？　という事は、私はこの課を辞める事が出来ないって事？　何故、この課を辞めたいのか、はっきりした理由が無いと異動願いは受理されないだろうし……。

じゃあ……この課を辞めるには……警察官を、刑事を、辞めるしかないって事？　刑事を辞める？　それじゃ、今までの苦労が水の泡じゃないか。何のために、今まで頑張ってきたの。

皐月はじっと考え込んだ。

冗談だと思っていた。前世が動物だなんて話は、私をからかうための冗談だと。でも、冗談でもそんな事を言う人達とは、とても一緒に働けないと思った。

だけど、ここまで誰にも話すなと念を押すって事は……もしかして……本当……。

皐月はぶんぶんと頭を振った。

そんな訳ないじゃん。そんな事あるわけない。だけど……。

市川さんは前世は犬だと言っていた。

今日見た、市川さんの足の速さ。とても人間とは思えないほどの、速さ。

まるで、犬のような……。

皐月は再び頭を振った。

前世が動物だというのは皆の冗談だ。絶対、冗談。だけど、皆が、前世が動物だと思わず思ってしまうほどの、人間離れした身体能力を持っている事は、恐らく、本当なんだろう。

その抜群の能力を例えて、前世が動物だとか言っているのかもしれない……。

皐月は覚悟を決めた。

私は絶対、刑事を辞めたくない。子供の頃からの夢を諦めたくない。

だったら、ここで、この課で、頑張るしかない。皐月はそう決心した。

でも……。

さっきの市川さんのように、信じられないぐらいの身体能力を持っている人達と一緒に、私はちゃんとやっていけるんだろうか。

人よりちょっと運動神経が良いぐらいの、特に何の特技も無い自分が……。

皐月はそんな一抹の不安を抱えながら、前を歩く皆の後姿を眺めた。

第二話

空港麻薬探知犬

1

「ふぅ〜、さっぱりしたぁ……」

小笠原美咲はマンションのバスルームから部屋着で出てくると、バスタオルで頭を拭きながら、ダイニングキッチンに向かった。

それから、ダイニングキッチンでコーヒーを淹れ、マグカップを手に、広いリビングの革張りのソファーに腰掛けた。

「久しぶりの休みだから、今日は家でゆっくりしよう……」

美咲は、誰もいないリビングで独り言を呟いた後、リモコンを手に取ってテレビを付けた。

テレビではニュースが流れていて、民間のトイプードルが、警視庁の警察犬として、採用された事を報じていた。画面の中には白いトイプードルが映っていた。

美咲はテレビ画面をじっと見つめて、呟いた。

「頑張れ……」


鳴海皐月は、レストランの扉を開けると、店内を見回した。

皐月の姿に気付いた、レストランの窓際のテーブルにいた、戸倉弥生が手を上げた。皐月は、弥生がいるテーブルに向かって歩いて行った。

「皐月、久しぶり〜」

弥生は笑顔で言った。

「ホント、久しぶりだね。お互い、仕事が忙しいしね」

皐月は席に座って言った。

「睦月はちょっと遅れるみたい。さっき連絡があって、先に注文して食べちゃってって言ってた」

「そうなんだ。じゃあ、注文しようか」

皐月はメニュー表を手に取った。

皐月と弥生と根岸睦月は大学の同級生で、卒業してもずっと仲が良かった。仲が良くなったきっかけは三人の名前が和風月名だという共通点だ。五月生まれの皐月、三月生まれの弥生、一月生まれの睦月。皐月と弥生が女で、睦月だけが男なので、周囲からは少し変な目で見られる事もあったが皐月は気にしなかった。気が合う友達同士に、男女の差なんて関係無いとずっと思っている。

皐月はメニュー表を弥生と一緒にじっくり見た。そして皐月はハンバーグ定食、弥生はパスタセットにした。

ウエイトレスに注文した後、皐月が水を飲んでいると、弥生が聞いてきた。

「念願の刑事の仕事はどう？」

皐月は思わずむせそうになったが、何とか取り繕い、

「そ、そうだね……まぁ、大変だけど、なんとか、頑張ってる感じ。本当に、予想以上に、大変なんだけど……」

「そうなんだ〜。でも刑事の仕事って本当に大変そうだよね。皐月は確か、警視庁の本部

に配属されたんでしょう？　何ていう課なの？」

「え？　何ていう課？　ああ、あのね……ぜ、絶対特殊能力特別捜査課って所」

「絶対特殊能力特別捜査課？　なんか、すごい名前だね……」

「すごい名前だよね。私も聞いた時はびっくりして……まぁ、なんていうか、課の人達は皆、身体能力が卓越していて、その能力をいかして捜査しているみたいな感じ」

皐月はなんとか、真実を言わずに話しながら、思った。本当の事を隠しながら話すって、難しいな……。

「ふ～ん。でも、それなら皐月にぴったりじゃない？　皐月、めちゃくちゃ運動神経良いもんね。私、昔から羨ましかったもん。自分がすごい運動音痴だからさ……」

弥生は掛けた眼鏡を直しながら、言った。

「でも弥生はその分、文才があるからいいじゃない？　小説家になるなんて、すごいよ」

「ありがとう。でも、全然売れてないけどね。出した小説はいつも初版止まりで、重版なんてかかった事ないしさ……。ハハハ。でも、子供の頃からずっと夢だった仕事につけたんだから、それだけで感謝の気持ちでいっぱいだけどね。だから、頑張らなきゃって思う」

「そうだよね……」

皐月は弥生の言葉に頷いた。私もそうだ。子供の頃からの夢だった刑事になれたんだから、頑張らないと……。たとえ、前世特殊能力特別捜査課なんていう、訳の分からない部署だとしても……。

皐月がそんな事を思っていると、ウエイトレスが食事を運んできた。

「じゃあ、まだ睦月は来ないけど食べちゃおうか」皐月が言うと、

「そうだね。せっかくの美味しい食事が冷めちゃう」

弥生も同意した。皐月はハンバーグを食べながら、目の前でパスタをすすっている弥生を眺めた。眼鏡をかけていて、大人しい性格で、運動音痴の弥生。

自分とは正反対の弥生。なのにどうして、こんなに仲良くなれたのか、よく考えたら不思議だった。でも、もしかしたらずっと子供の頃から叶えたい夢があって、その夢のために、ずっと頑張ってきた……その共通点が、私達を結びつけたのかもしれない。

皐月がそんな事を考えていると、弥生が窓の外を見て、ハッとした顔をした。

「あ、睦月だ。やっと来た」

弥生の言葉に、皐月も振り返って窓を見た。道の向こうから、グレーのコート姿の睦月が歩いてくるのが見えた。

「睦月は背が高いから、人混みの中でも目立つね」弥生が言った。

「そうだね」

レストランのドアを開けて、睦月が店内に入って来て、皐月達の姿に気付くと、テーブルまで来た。睦月はコートを脱いで椅子の背もたれにかけて座ると、

「遅れてごめん。仕事が溜まっちゃってて……」

と申し訳そうに言った。

「気にしないで。それより睦月も食事を頼みなよ」

皐月がメニュー表を渡すと、睦月はありがとう、と笑顔で言って受け取った。

睦月は都内にあるメガバンクに勤めている。とても頭が良く、本来なら皐月と睦月と同じ大学では無く、もっとレベルの高い大学に進学する予定だったらしい。だけど、試験当

日に交通事故に遭い、補欠だった大学に入った。この話を聞いた時、皐月はすごい気の毒……と同情した。だけど、元々頭が良いので、大学でトップの成績を維持し、卒業式では学生代表で挨拶をし、誰もが名前を知るメガバンクに入行したのだから、やっぱりすごい、と思った。

睦月が頼んだ食事が来て、三人で食べながら近況報告をしていると、弥生が皐月に言った。

「そういえば今朝見たニュースで、トイプードルが警視庁の警察犬になったって言ってたんだけど、小型犬が警察犬になる事なんてあるんだね。びっくりしちゃった」

「別に珍しくないよ。海外でもチワワが空港の麻薬探知犬になってたりするしね。でも、確かに警察犬っていうと、世間的には大型犬のイメージかもね」

「そうそう。シェパードとかさ」

「実際、大型犬の方が多いんだけど、嘱託犬の場合、小型犬もいるかな」

「嘱託犬?」

「警察犬には、警察が直接、飼育と訓練をしている直轄犬と、民間の施設で飼育、訓練をしていて、警察から要請があった時にだけ出動する嘱託犬がいるの」

「へ～。民間が飼っている犬で、警察犬がいるんだ。すごいね」

「でも、どんな犬でもなれるわけじゃないよ。やっぱりすごく優秀な犬だけだよね。厳しい試験に合格しないといけないし……」

「まぁ、そうだよね。例え犬でも警察の仕事をしているんだしね」

「そ、そうだね……」

皐月は市川の事を思いだし、一瞬、ドキッとしてしまった。市川さんは前世が犬だって言ってたけど、あれはやっぱり尋常じゃない足の速さを例えて、そう言ってるんだろうか。そういえば、小笠原さんって女性も前世は犬だって言ってたけど、あの人も足が速いのだろうか。

「皐月が配属された絶対特殊能力特別捜査課って、普段はどんな仕事をしているの？」

睦月が聞いてきた。

「普段はね……街のパトロールかな……。でも、何か特別な事件が起こった時は、応援要請を受けて、出動する場合もあるみたいだけど……」

「刑事って、街のパトロールとかもするんだ。そうやって街の安全を守ってくれてるんだね。ありがたいねぇ～。皐月、頑張ってね！」

弥生が笑顔で言った。

「そうね……頑張るわ……」

皐月はぎこちない笑顔を返して、言った。

2

「今日は、俺と小笠原、市川と鳴海の四人で羽田空港に行く」

朝一番で沢村にそう言われ、皐月は驚いて聞き返した。

「羽田空港って……何か、事件でも？」

「事件はまだ起こってないが、あるルートからの情報で、今日、海外から麻薬密売のグループが日本にやってくる可能性が高いらしい。そこを警察で一斉検挙する予定で、俺達の課も応援要請を受けた」

「分かりました……電車で羽田に向かうんですか？」

「まさか。今回はさすがに車だ。覆面パトカーで行く。市川、運転を頼む」

「分かりました」

鳴海と一緒に話しを聞いていた市川は頷いた。

「俺は助手席に座るから、小笠原と鳴海は後部座席に座ってくれ」

「分かりました」

皐月と美咲は同時に、答えた。


羽田の税関に着くと、すでに警察犬を連れた警察官が数人待機していた。

沢村はその内の一人の所に行き、

「ZTNTSKの沢村です」と言った。

「あ、沢村警視正……お疲れ様です。今回はわざわざありがとうございます。いや、わざわざ来ていただく事も無いと思ったんですが、念のため、応援要請をしようという事になりまして……」

「大丈夫です。私の他にも部下を三人連れてきましたので、よろしくお願いします。市川甲斐人と、小笠原美咲、あと、新しく配属された鳴海皐月です」

紹介されて、三人も「よろしくお願いします」と挨拶した。

「こちらこそ、よろしくお願いします。あ、そろそろ密売人グループが乗った飛行機が着く時間ですね……」

　警察官は腕時計を見ると穏やかな表情から一転、真剣な表情になった。

「私達は少し離れた場所で待機します」

　沢村はそう言うと、「行くぞ」と皐月と市川と美咲に言い、歩いて行った。皐月は沢村の後を歩きながら、隣を歩く美咲に話し掛けた。

「沢村リーダーって、警視正なんですね」

「……」

　美咲は答えず、無言のまま歩いて行った。

　あれ？　もしかして、私、今、無視された？

　皐月が戸惑った気持ちでいると、市川が話し掛けてきた。

「沢村リーダーはキャリアじゃないのに、警視正なんてすごいですよね」

「えっ？　沢村リーダーって、ノンキャリなんですか？　それで警視正なんてすごい出世ですね」

「あの人は現場からの叩き上げで、本当に仕事が出来ますからね。ただ、やっぱり仕事を頑張り過ぎたんでしょうね……。過労で体調を崩してしばらく休職してたんです。でも去年、復帰してうちの課のリーダーに抜擢されたんですよ。うちの課も、ちょうど去年新設されたので」

「そうだったんですね……。でも……ぜ、」

　皐月は前世特殊能力特別捜査課と言いそうになり、慌てて言葉を引っ込めた。いけない、トップシークレットなんだから、気を付けないと。

「でも、うちの課って、そもそも誰が警視庁に設置したんですか？　あんな、ふざけた……いえ、変わった名前の課を」

「誰なんでしょうね……それは僕もちょっと知らないんですが」

「……」

皐月と市川と美咲と沢村が少し離れた場所に待機すると、市川が沢村に聞いた。

「沢村リーダー、密売人グループはどんな容貌なんですか？」

「アジア系の若い男らしい。三人組みだ」

それからしばらくして、税関にぞろぞろと人が押し寄せてきた。

この中に、麻薬密売人のグループがいる……。

皐月はそう思うと緊張した気持ちになった。しかし、しばらく税関に人が行き来する様子を見守っていたが、なかなかアジア系の若い男の三人組は現れなかった。美咲が沢村に聞いた。

「当てはまる人がいないですね……。本当に今の飛行機に乗ってたんですか？」

「おかしいな……。確かな筋からの情報なんだが……」

そう言った後、沢村はハッとした顔をした。

「来た……。あの、マスクをした奴らだ……」

皐月はそのアジア系の男、三人を凝視した。若い男三人で、全員、全身黒づくめの服装をしている。よく見るとどこか緊張しているように見える。

突然、税関前で待機していた警察官の連れた警察犬すべてが、その男達に駆け寄った。

警察官が男に話し掛けると、抵抗した男ともみ合いになり、その時、男のマスクが外れた。

皐月はギョッとした。

男の鼻の上には、何枚ものビニールパックが重ねて貼り付けてあったからだ。

マスクの中に麻薬を隠していたのか……。道理でアジア系の人にしては、妙に鼻が高いと思った。

その瞬間、税関の側を歩いていた女が、肩にかけていたトートバッグからスプレー缶のような物を取り出し、警察官全員に向けて何かを大量に吹きかけた。

警察官達は顔を手で覆ってうずくまった。その隙に、アジア系の男達はバラバラの方向に駆け出した。

「後を追うぞ！　俺と小笠原は左方向の男、市川と鳴海は右方向の男を追ってくれ！」

「はい！」

皐月と市川は男を追って駆け出した。

3

「さっきの女は……」

皐月は立ち止まった後、横にいる市川に聞くと、

「恐らく仲間でしょうね。何かあった時は援護しようと、旅行者を装って待機してたんでしょう。警察官にかけたスプレーは催涙スプレーでしょうね」

「そうですね。それにしても、さっきの男、どこに行ったんでしょうね……。見失ってし

まった……」

「あの男、一般の人達を突き飛ばしながら走って行きましたからね……。僕達はそういう事は出来ないし……」

「市川さん、空港の駐車場に行った方がいいんじゃないですか？　男は車で逃げるつもりかも」

「駐車場にはすでに他の警察官が待機しています。僕達は徒歩で逃げた場合を想定して、追いましょう」

「分かりました」

皐月と市川が空港の建物の外に出ると、歩道の向こう側から、犬を散歩させている男性が歩いて来た。

「あの人に聞いてみましょう」

市川はそう言って、犬を連れた男性に警察手帳を見せた後、話しかけた。

「この近くを、黒づくめの服装をした男が走って来ませんでしたか？」

「……いえ、すみません。気付きませんでした」

男は申し訳なさそうに答えた。

「そうですか……。ちょっとこちらのワンちゃん、お借りしていいですか？」

市川は男が連れた犬を見て言った。

「え？」

「すぐに済みます」

市川は男から犬のリードを受け取ると、少し離れた場所に行った。皐月は市川について行ったが、市川は犬の側にしゃがみ込むと、突然、犬に向かって声を発した。

「ワン、ワン、ワン、ワンワン！」

「……」

皐月は市川の姿を呆然と見つめた。

「あの……市川さん……いったい何を……」

「犬にさっきの男を見たか聞いてるんです。僕、犬語が話せるので」

「……」

い、犬語って……。

犬は市川にワン、ワン、ワン、と吠えた。

市川は頷くと、飼い主に犬を返し、皐月に向き直った。

「さっきの男はついさっき、あの角を曲がって走って行ったそうです。今からだったら追いつくかも。鳴海さんはここで待機していて下さい」

そう言うと、市川は駆け出して行った。

4

「皆、お疲れ様！　いや〜、それにしても今日は市川が大活躍だったな！」

沢村はご機嫌な笑顔でそう言うと、生ビールを一気に飲んだ。

黒ずくめの男を市川が無事に確保し、警察犬を連れた警視庁の警察官に引き渡した後、この前歓迎会で来た居酒屋に皐月と市川と美咲と沢村の四人で来ていた。

「私もリーダーも、男を見失ってしまいましたからね。市川さん、本当にお手柄！　市川さんは、うちの課の誇り！」

市川の隣の席に座っている美咲は満面の笑顔を市川に向けた。

「いや、そんな事無いよ……。鳴海さんが協力してくれたから、上手くいったんだと思う」

市川は謙遜したように言って、照れ臭そうに笑った。

「確かにコンビの鳴海のお手柄でもあるよな。鳴海もよくやった！」

沢村が皐月を褒めると、皐月は居心地の悪い気持ちになった。

「いえ、私は何もしていないので……。男を確保したのも市川さんだし、一度見失ってしまった男の居場所を見つけたのも市川さんだし……」

「市川と鳴海も俺達と同じように男を見失ってたのか。どうやって見つけたんだ？」

沢村が皐月に聞いた。

「あの……聞いて……」

「誰に聞いたんだ？　たまたま通りかかった一般人か？」

「……」

皐月は答えられなかった。違います、犬です、などと答えると、犬に聞いたって何だよ！と、自分で自分の言葉に突っ込みを入れたくなってしまうし、そんな事、とても信じられない。市川さんが男を確保できたのは、たまたま偶然だったたんじゃないだろうか……。

皐月が黙っていると、市川が代わりに応えた。

「ちょうど犬と散歩していた人が通りかかって、その人の犬に聞いたんです」

「え、そうだったんだ。犬種は？」美咲が市川の話に反応して聞いた。

「パピヨンだったよ」

「パピヨンかぁ〜。じゃあ、完全に話が通じたわけじゃないか……」

「うん。でも、大体の意味は分かるから」

「そうよね」

皐月は市川と美咲の会話の意味が分からず、何を言っているんだろう……と思った。

「おいおい、二人共、自分達だけが分かる会話をするなよ。鳴海がポカンとしてるだろ」

沢村が苦笑しながら言った。

「あ、すみません、鳴海さん。つい、いつもと同じように話しちゃって……。僕と小笠原さんは、前世が犬ですけど、二人共、トイプードルだったんですよ。だから、犬語の中でも、トイプードルの言葉だったら完全に理解出来るんです。ただ、他の犬の言葉も、大体の意味は分かるんですよ。同じ犬ですからね」

「そ、そうなんですね……」

皐月はそう答えた後、黙ってハイボールを飲んだ。他に何て言ったらいいか思いつかなかったからだ。

それにしても、うちの課、前世特殊能力特別捜査課の事はトップシークレットのはずなのに、こんな風に居酒屋で堂々とこんな事を話していても大丈夫なんだろうか……。酒の席の事だから、酔っ払いの話として、回りの人も真面目に聞いてないからOKなんだろうか。まぁ、私も、未だに信じられないけど……。

そんな皐月の様子を見た市川が、

「鳴海さん、お腹空いてません？　おつまみもどうぞ」

そう言って、春巻きのような物が乗った皿を皐月に差し出した。

「あ、そうですね。いただきます」

皐月はその春巻きを一本食べた。中にチーズが入っていて、想像よりも美味しく、思わず「美味しい」と口に出た。

市川は嬉しそうに笑って、

「うまいよね。俺もこれ大好き！」

「え……」

皐月は驚いて市川の顔を見た。今までずっと敬語だった市川が急にタメ語になったので、びっくりしたのだ。市川はハッとした顔をして、

「あ……いえ……、美味しいですよね……」

「市川さん、タメ語でいいですよ。同じ職場の同僚なんですから」

皐月がそう言うと、

「でも……鳴海さんの方が年上ですし……」と、市川が気まずそうに答えると、美咲が、

「そうですよ、鳴海さん、やっぱり同僚とはいえ年上の人には気を遣いますよ。鳴海さんの方が私達より、十歳も上なんですから。十歳も」と言った。

「……」

皐月は訝しげに美咲を見た。何故、十歳を二回も？

「いや、やっぱり鳴海の言う通り、同僚なんだから敬語は無しの方がいいだろ。よし、決めた、今、この瞬間から、全員タメ語だ。これから敬語はいっさい無し！　あ、俺を抜いてな。一応、上司だからな」

沢村がパン、と両手を打って言った。

「分かりました」

鳴海と市川は笑顔で頷いた。少し遅れて「……了解です」と、美咲が渋々と言った感じで呟いた。

その後、美咲がふと何かを思い出したような顔をして、沢村に聞いた。

「今日の事件に話を戻しますけど、麻薬密売人の男は三人いましたよね。市川さんと鳴海さんが捕まえた男と、私と沢村リーダーが見失った男と、あと一人は、どこに行ったんでしょうね」

「そのあと一人は、他の警察官がちゃんと捕まえたらしいよ。何でも、トイプードルの警察犬が、麻薬の臭いの後を追って、捕まえたらしい。お手柄だよな」

「え……トイプードル……もしかして、昨日、テレビで警察犬に採用されたって報じられてた、あの白いトイプードルですか？」

美咲の表情がパッと明るくなった。

「そう、その犬。初仕事で大手柄だよ。小型犬なのに、すごいよな」

「え〜、何か、自分の事のように嬉しいです。やっぱり私も前世はトイプードルだし、それに、毛色も同じ白だし……」

美咲は本当に自分が活躍したかのように、目をキラキラさせて嬉しそうに話した。

皐月はそんな美咲の様子を眺めながら、前世、自分がトイプードルだった事だけじゃなくて、毛色の事まで覚えてるんだな、と思った。という事は、もっと他にも、前世の事を色々覚えているのかな……。

と、ここまで考えて、皐月はハッとした。嫌だ、いったい何考えてるの、私。つい、小笠原さんの前世が犬だって事が事実のような考え方をしてしまった……。

皐月はハイボールを飲みながら、沢村の事を盗み見た。沢村リーダーは、私と同じように普通の人のはずだ。それなのに、何故、うちの課の人達の前世が動物だと信じ切っているんだろうか……。やっぱり、皆の人間離れした、ずば抜けた運動神経が理由だろうか……それとも、他に何か信じる理由があるんだろうか……。

皐月がそんな事を一人でもんもんと考えている内に時間は過ぎ、解散になった。

駅に着いた時に、市川が皐月に聞いてきた。

「鳴海さん、葛飾区でしたよね。電車は京成線ですか？　この前の歓迎会ではタクシーで帰って行ったので……」

皐月は歓迎会の時、緊張のせいかつい飲み過ぎてしまい、タクシーで帰宅していた。

「うん、そう。最寄駅は、堀切菖蒲園」

「実は僕も葛飾区に住んでるんです。最寄駅は、青砥です」

「え、そうなんだ。私の実家も青砥駅の近くよ。同じ京成線だし、じゃあ一緒に帰ろうか」

「はい！」

「私も京成線なんで、一緒に帰るわ！」

突如、美咲が話に割り込んできた。

「小笠原、何言ってんだよ。お前が住んでいるのは港区だろ。路線が全然違うだろ。酔ってんのか？　しっかりしろよ。じゃあ、皆、お疲れ」

沢村は呆れたように言って、美咲の腕を引っ張るようにして駅の構内を歩いて行った。

「じゃあ……僕達も帰りましょうか」

「そうだね……というか、市川さん、さっきから敬語だけど、それはもうやめようって事になったよね？」

「あ……すみません、つい……。あれ、すみませんも敬語でしたっけ」

市川が慌てたように言うと、皐月は思わず笑ってしまった。

「いいよ、仕方ないよね。やっぱり十歳も離れていると自然と敬語になっちゃうよね。徐々に、よろしく」

「分かりました……いえ……分かった」

二人は顔を見合わせて笑った。

5

皐月と市川は京成線の車内に並んで座った。もう遅い時間のせいか、皐月達がいる車両には、皐月と市川しかいなかった。皐月が、

「小笠原さんって、港区に住んでいるんだね」

「そうですね。確か、沢村リーダーは渋谷区ですね」

「渋谷区かぁ……懐かしい。実は私も、子供の頃は渋谷区に住んでたんだよね」

「……そうなんですね」

「親の離婚で、母の実家がある葛飾区に住む事になったから、渋谷区に住んでたのは小学五年生までだったけどね」

「……」

　市川がじっと皐月の顔を見た。

「あ、ごめんね。なんか暗い話しちゃって。気にしないで。私も昔の事だから、全然気にしてないから、つい話しちゃったけど」

「はい……」

　市川は気まずそうに顔を伏せた。

　無言になった二人を乗せて、電車はカタン、カタン、と規則正しい音をたてて進んで行った。

　なんだか自分のせいで場の雰囲気が暗くなったかな、と思った皐月は、空気を変えようと、違う話を始めた。

「私ね、小学生の頃から、刑事になりたかったの」

「……そうなんですね。そんな子供の頃から……」

「うん。きっかけは単純なんだけど、子供の時、警察官の人に助けて貰った事に感動して、自分も警察官になりたいって思ったの。それで、どうせなるなら警察官の中でも花形の刑事になりたいなって思って」

「……助けて貰った」

「あのね、私、子供の頃、犬を飼ってたんだけど……」

「はい……」

「トイプードルの男の子で、毛色が茶色だったから、セピアって名前だったんだけど。私が小学四年生の時に老衰で天国に行っちゃったんだけど……」

「……」

「セピアの事は、いつも私が散歩に連れて行ってたのね。それで小学三年生の時、いつものようにセピアを連れて散歩してたんだけど……その時、運悪く、不審者に遭遇しちゃってね……。後から黒づくめの服装の男がつけて来て、子供心に、この人は危ないって思って、でも、どうしたらいいか分からなくて……その時、偶然自転車に乗ったおまわりさんが前から来て……そうしたら、その男、方向転換して急にいなくなっちゃって……その時、たまたまおまわりさんが来なかったらどうなってたか分からない。本当に、危機一髪って感じで助けて貰って、感謝してる」

「……」

「そのおまわりさん、気を使って、家まで送ってくれたんだよね……」

「わざわざ自転車から降りて、自転車を引きながら、一緒に歩いてくれたんですね」

「そうそう。それで、一緒に唄を歌いながら帰って……」

「もう夕方だったから、夕焼け小焼けを歌ったんですよね……」

「そうなんだよね……え？」

「……」

皐月は思わず、市川を見た。

「……市川さん、どうして……その事を知ってるの？」

「……」

「警察官と、夕焼け小焼けを歌ったって事、私、誰にも話してない……家族にさえ」

「……」

「家族も知らない事を……私とその時の警察官しか知らない事を……どうして知ってるの?」

市川は皐月をじっと見つめて、言った。

「鳴海さん……違いますよ……鳴海さんと警察官だけが知ってる事じゃない……もう一人、いいえ、もう一匹、いたじゃないですか……」

「……」

「鳴海さんが飼ってた、セピアが、側にいたじゃないですか」

「……」

「鳴海さん、僕、前世がトイプードルだって言いましたよね」

「……」

「僕、鳴海さんが飼ってた、セピアなんです」

「……」

皐月は市川の顔を凝視した。

「え……えぇっ!?」

第三話

豪邸立てこもり事件

1

市川との、電車の中での会話を……。

皐月はカフェラテを飲みながら、昨日の事を思い出していた。

久しぶりの休みだったが、特にやる事がなかったため、一人でカフェで暇をつぶしていた。日曜日のカフェは大勢の人で賑わっていた。

皐月はそう呟いた後、溜息をつき、目の前のカフェラテを飲んだ。

「マジか……」

カタン、カタン、と電車の進む規則正しい音が、皐月の耳に響いた。

「市川さんが、私が小学生の時に飼っていたトイプードルのセピア……?」

「はい」

「う、嘘でしょう……。だって、そんな偶然、ありえない……」

皐月はそもそも前世なんか信じていなかったが、職場の同僚の前世が昔、自分が飼っていた犬だなんて、いくらなんでも偶然過ぎると思い、そう言った。

市川は皐月をじっと見つめて、

「そう思いますよね。でも実は、偶然なんかじゃないんです。僕は鳴海さんに飼っていて貰った時からずっと、来世は人間になりたいと思っていて……そして、出来れば日本人になって、鳴海さんの近所に生まれて、もう一度、鳴海さんに会いたいと願っていたんです。

神様はその願いを叶えてくれたんでしょうね……僕は日本人の、東京に住んでいる夫婦の子供として、転生したんです。赤ん坊の時から、もう前世の記憶はあったので、早く鳴海さんに会いに行きたかったんですが、さすがに赤ん坊だったので……ある程度大きくなってから、五歳の時に、一人で電車に乗って、渋谷区の鳴海さんの家まで行ったんです。そうしたら、もうそこには鳴海さんはいなくて……。後から知ったんですが、鳴海さんのご両親が離婚して、葛飾区に引っ越してたんですよね」

「……」

「僕は鳴海さんの住んでいる場所を知るために、高校生になった時にバイトして貯めたお金で、探偵事務所に依頼して、葛飾区の住所を突き止めたんです。そして、鳴海さんの側をウロウロしている内に、鳴海さんの将来の夢が刑事だって知って、よし、自分も刑事になろうって思ったんです。同じ東京に住んでいて、同じ刑事になれば、いつか自然に知り合えると思ったんです」

「……私の側をウロウロって……。あの、市川さん、それってまるで……」

「ストーカーですよね。自分でも良くないなと思ったんですが、突然、声を掛けたらナンパみたいじゃないですか。鳴海さんがそういうのが嫌いだって事はなんとなく分かっていたので……」

「……」

「僕は警察官になって交番勤務になって、立て続けに事件を解決したんです。足が速いので、犯人を捕まえるのが早かったんですよね。それで上司から刑事に推薦されて刑事になって……、去年、うちの課に配属されたんです。鳴海さんより先に刑事になったのは計算外でしたけど、結果的に同じ課になれたので、本当に嬉しかったです」

「……」

「だから、僕と鳴海さんが同じ職場の同僚になったのは別に偶然じゃなくて……僕の赤ん坊の時からの、虎視眈々とした計画の結果です」

「……」

虎視眈々の計画って……なんだ、それ！　怖っ!!

と、内心、皐月は思ったがまさか口に出して言う訳にもいかず、そ、そうだったんだ〜、ハハハ、と笑って返すしかなかった。


皐月はカフェラテを飲んだ後、また溜息をつき、ぼんやりと店内を眺めた。

今でも、市川さんの言った内容はとても信じられなかった。だけど……市川さんは、私が子供の時に住んでいた渋谷区のマンションの外観だけではなく、内観も知っていて、部屋の間取りだけではなく、部屋にあったインテリア、家具の配置まで知っていた。そして、私の父親、母親の事もよく知っていて、家族だけが知っているはずの数々の出来事の事も知っていた。そして……何より、私が警察官と一緒に歌った夕焼け小焼けの歌の事を知っていた。

私と、その時の警察官と、犬のセピアだけが知っている事を……。

という事は……市川さんの言っている事は……市川さんの前世が私の飼っていたトイプードルのセピアだっていう事は、やっぱり……本当……。

その時、店内にいたカップルが席を立ち、レジに向かって歩いて行った。

皐月はなんとなくそのカップルを目で追って、ハッとした。カップルの内、女性の方が、肩に掛けているトートバッグに描かれているイラストが、動物のサイだったのだ。

皐月は思わずまじまじとそのサイのイラストを眺めた。サイのイラストのバッグなんて、変わってる……。まさか……この女性の前世って、サイ……？

その時、女性の隣にいた男性が自分のバッグから、財布を取り出した。皐月は思わずその財布を凝視した。財布には、動物のカバのイラストが描かれていたのだ。

カバのイラストの財布なんて、変わってる……。

まさか、この男性の前世って、カバ……。

そこまで考えて、思わず皐月は頭を振った。まずい、とんでもなく現実離れした思考回路になってしまっている。これは明らかに市川さんの、いや、今の職場、前世特殊能力特別捜査課の悪影響だ。ちゃんと、まともな思考回路に戻さないと……。

皐月が頭に手をあてて、そんな事を考えていると、バッグの中の携帯が鳴った。携帯に表示された名前を見ると、母親の綾子だった。皐月は電話に出ると、

「どうしたの、お母さんから電話なんて珍しい……えっ、入院したっ!?」

2

皐月は葛飾区にある総合病院のロビーの受付に行って、面会手続きをした後、綾子が入院している三階の病室まで行った。

ベッドの中から綾子は苦笑いして、皐月に話し掛けた。

「別にわざわざ病院まで来なくてもよかったのに……」

「何言ってんのよ、お母さん。いきなり入院したなんて言われたら、普通、心配で来るでしょ……それで、病名は何なの？」

「それがまだ分かんないのよ。ただ、最近眩暈がするって掛かりつけのお医者さんに言ったら、念のため詳しく調べましょうって言われて、一週間の検査入院になっちゃったのよ」

「そうなんだ……。なんかそんな話を聞くと心配になっちゃうな……。私、一人暮らしをやめて、家に戻ろうか？」

「大丈夫大丈夫。話が大袈裟になっちゃっただけだから。私はただの仕事の過労だと思うわ」

「そう……。でも、お母さんは普段元気だけど、もう六十過ぎてるわけだし、念のため色々調べて貰うのはいいいんじゃない？　ほら、一病息災じゃないけど、元気な人ほど自分の健康を過信して、無理しちゃって病気になったりするっていうし……」

「そうねぇ……仕事を一週間も休むのは気が引けるけど……」

「お母さん、仕事が好きだもんね……」

「ただのスーパーのレジだけどね。正確に言うと、働くのが好き。ぼんやりして過ごすのが苦手なのよ」

「お母さんのそういう所ってすごいなって思う。私は好きな事なら頑張れるけど、それ以外では出来るだけだらだらしていたいって思っちゃうから……」

「それにしても皐月とこんな風に話すのも久しぶりね。ほら、立ってないで座ったら？」

「あ、そうね……」

皐月はベッドの横に置いてある椅子に腰かけた。綾子が、

「そう言えば、新しく配属されたっていう部署にはもう慣れた？　職場の人達とは上手くやってる？」

皐月は、一瞬、ギクッとしたが何とか表情には出さず、笑顔で答えた。

「そ、そうね……大丈夫。皆……ちょっと変わってるけど……良い人だし……」

ちょっとっていうか、だいぶ、かなり、すごく、変わってるけど……。皐月は心の中だけで呟いた。

「弥生ちゃんと睦月君とは、最近会ってるの？」

「うん。先週、ランチしながら近況報告した」

「ふ～ん。相変わらず仲が良いのね。弥生ちゃんと睦月君にはもう、恋人とかいるのかしら」

「二人共、いないと思うよ。弥生は自分の仕事に夢中だし、睦月からも、彼女の話とか聞いた事ないし……」

「いやいや、弥生ちゃんは念願の小説家になれたんだから、仕事に集中しているのは分かるけど、睦月君に彼女がいないって事はないでしょ。有り得ないわよ。だって睦月君、背が高くて、イケメンで、性格も良くて、都内にあるメガバンクに勤めてるのよ？　そんな睦月君に彼女がいなかったら、日本中の男に彼女なんかいないわよ」

「……そうだね。確かに……」

皐月は綾子に言われて、言われてみればその通りだなと思った。睦月に彼女がいないってよく考えたら、いや、よく考えなくてもおかしい。でも、学生時代から睦月から彼女の

話なんて、本当に聞いた事がない……。

皐月はハッとした。もしかしたら、睦月は私と弥生に遠慮して、彼女がいるのに、その話を出来なかったのだろうか。私も弥生も子供の頃からの夢を叶えるのに夢中で、その事ばかりをいつも話していた。だから、睦月はそんな私達に向かって、自分の恋愛の事を話せなかったのだろうか……。


皐月はしばらく綾子と話した後、入院準備のためのパジャマやタオルなどを渡すと、病院から出た。病院の敷地内を歩いていると、ふいに視界に、女性の姿が入って来た。

あれ、あの人、どこかで見た事が……あ、小笠原さん？

その女性は、皐月と同じ課の小笠原美咲だった。一人で、病院を見上げるようにして、見つめている。

どうして小笠原さんが一人で病院にいるんだろう……体調が悪いようには見えなかったけれど……もしかしたら、誰か知り合いが入院しているのだろうか。

そんな風に考えると、小笠原美咲は、病室をじっと見つめているように見えた。

皐月はなんだか近寄りがたい雰囲気を感じてしまい、美咲に声を掛けずに、病院を後にした。

3

翌日、皐月がいつものように市川と街にパトロールに出ようとすると、室内の電話が鳴っ

た。電話に沢村が出ると、

「はい、ＺＴＮＴＳＫです。えっ!?　本当ですかっ？　はい、分かりました。すぐに向かいます」

沢村は電話を切ると、緊張した面持ちで皆に言った。

「今、渋谷警察署のＳＩＴから連絡があって、渋谷区にある家で、人質を取った立てこもり事件が発生しているらしい」

「立てこもり事件……うちの課に応援要請ですか」

市川が同じように緊張した様子で問うと、沢村は頷いた。

「前回の麻薬密売人の時は俺と市川と小笠原と鳴海で行ったが、今回は全員で行く。それじゃ、行くぞ」

「分かりました」

皐月と市川、美咲、鈴村祥子、館山真紀子は同時に答えた。


皐月達が渋谷の現場に急行すると、すでに現場の家の前にはたくさんのＳＩＴが待機していた。

現場は高級住宅街で、その家は豪邸と言っていいほどとても大きく、煉瓦の高い塀に囲まれた一軒家だった。

「人質になっているのは、この家の住人なんですか？」

皐月が沢村に聞くと、

「そうだ。高齢の女性が一人で住んでいる。ご主人はすでに他界し、子供達はもう独立しているらしい。最近、葛飾区にいる知り合いの家に遊びに行った時に道で転倒し、足を骨折して、救急車で運ばれてしばらく入院していたらしい。高齢女性の一人暮らしだから、以前から目を付けられていたらしく、入院中を狙われて、強盗が今日、家に侵入したんだ。ただ、タイミング悪く、ちょうど今日退院して来た女性と鉢合わせし、女性がセキュリティボタンを押したため、女性を人質にして、家に立てこもっている状態らしい」

「強盗は何人なんですか」市川が聞くと、

「男一人だ。警察の説得にも応じず、逃走のための車を用意しろと言ってきているらしい。あ、そうだ。さっきＳＩＴのリーダーから借りて来たんだが、これが人質になっている女性の写真だ。皆、念のため顔を確認しておいてくれ。名前は、真壁洋子さんだ」

そう言って沢村は写真を差し出し、皆に見せた。皐月は高齢女性が写っている、その写真をじっと見た。

突然、皐月はデジャブのような物を感じた。

あれ、何だろう……この女性、どこかで見た事があるような……。

もしかして亡くなったおばあちゃんに似ている？　いや、違う。うちのおばあちゃんは、こんな上品な大人しそうな感じの人ではなかった。もっと、いかにも江戸っ子といった感じのきっぷのいい人だった。じゃあ、誰に似ているんだろう……。私にはこんな高齢の女性の知り合いなんて、いないのに……。

皐月がそんな事を考えていると、隣にいた市川が、

「鳴海さん、真壁さんの事、覚えてません？　鳴海さんが渋谷に住んでいた時、犬の散歩中に、よく会ってた人ですよ。真壁さんも、犬を散歩させていて……」

市川の言葉で、鳴海は幼い頃の記憶が蘇った。

確かに、私が小学生だった時、トイプードルのセピアを散歩させている時、よく会っていた女性がいた。その人は、白いトイプードルを連れていて……。

「真壁さんって、あの白いトイプードルのマリアちゃんの飼い主の女性なの……？」

「そうです。でも、鳴海さんが分からなくても仕方ないですよ。もう、二十五年以上前の事ですからね……。女性の容貌もその頃と変わっているし……」

「……そうだね」

市川にそう言われて、皐月は何だか不思議な気持ちになった。二十五年といえば、もう四半世紀だ。セピアを飼っていたあの頃から、もうそんなに時が経ってしまっているのか……。私自身、小学生だったあの頃を、まだ昨日の事のように思い出せるのに……。

「マリアちゃんは元気なのかな……あ、二十五年経ってるんだから、もういないか……」

皐月は寂しい気持ちになって呟くと、

「そうですね……でも、今は人間として元気にやってますし」

「そっか……え？　それって、どういう……」

皐月は訝しげに市川を見た。市川はニッコリ笑うと、

「小笠原さんの前世って、マリアちゃんですよ」と、言った。

「え……ええっ!?　お、小笠原さんの前世が、マリアちゃんっ!?」

「そうです。あれ、言ってませんでしたっけ」

「聞いてないよっ！　ほ、本当に？　冗談じゃなくて？」

「本当です。僕も、うちの課に配属されてから小笠原さんと話している内に知って、すご

い偶然だな～ってびっくりしましたけどね。でも小笠原さんがマリアちゃんだった時のセピアだった僕との思い出とか詳しく知ってたので、本当なんだって分かりましたけどね」

皐月は思い出した。そう言えば、麻薬密売人の事件の時、居酒屋で小笠原さんは自分の前世は白い毛色のトイプードルだと言っていた。あれが、マリアちゃんの事だったなんて……。

皐月は思わず、側にいる小笠原美咲の顔を見た。美咲は、気まずそうな顔をして、皐月から視線を逸らした。

その時、SITの一人が沢村に近づいて来て、言った。

「沢村警視正、強盗は二階の寝室に真壁さんと一緒にいるようです。あの、花柄のカーテンの部屋です」

SITは豪邸を見上げて、二階の角部屋の、花柄のカーテンが閉まっている窓を指差した。カーテンには少し隙間があったが、皐月達のいる場所から中の様子は見えなかった。

「あの部屋ですか……あの位置だと、なかなか中の様子が分からないですね……」

「そうなんです。隣の家も、あの豪邸より高さが無いので、中の様子を窺がう事が出来なくて……。前にある家も、道路を隔てているので難しいです。どうしましょうか……このままだと、突入のタイミングが分からなくて……」

「そうですね……。分かりました、こちらで作戦を立ててみますので、少々お待ちくださ い」

「よろしくお願いします」

SITはそう言うと、元の場所に戻って行った。

「沢村リーダー、作戦を立てるって、どうするんですか」

　今の状況が八方塞がりに思えた皐月が思わず聞くと、沢村は豪邸の煉瓦の塀の端にとまっている三羽の雀をじっと見つめて、言った。

「雀がいるな……頼んでみるか」

「え？　頼む？」

「館山、ちょっとお願いしてみてくれ」

　沢村はふくよかな体形の館山真紀子に顔を向けると、言った。館山は頷くと、塀に向かって歩いて行き、雀のいる場所で立ち止まると、雀を見上げて、何やら口を動かしていた。

　皐月は動揺した。え……いったい、何を……。

　館山はニッコリと笑うと、

「じゃあ、よろしくね」と言った。

　すると、三羽の雀は塀から次々に飛び立ち、花柄のカーテンの窓の近くにある電線に三羽並んで、とまった。館山は戻って来ると、沢村に、

「了解してくれました。強盗が部屋から出て行ったら、一斉に飛び立って、合図を送ってくれるそうです」

「よくやった。SITに伝えてくる」沢村はSIT達の所へ行った。

　皐月は我慢できずに館山に聞いた。

「あの、館山さん……さっきは何を……」

「ああ、雀にお願いしてたの。ほら、あの花柄のカーテンの窓の近くに、ちょうど電線があるでしょう？　あの電線にとまって、中の様子を確認して欲しいって。電線の位置から

だったら、ちょうどカーテンの隙間から中が見えるからね。それで、寝室から強盗が何らかの理由で出て行って、真壁さんが一人になったら、電線から一斉に飛び立って欲しいって頼んだの」

「す、雀に、頼んだ……？」

「うん。ほら、私の前世って鳥じゃない？　だから鳥語が話せるのよ。しかも雀だったから、雀とは百パーセント言葉が通じるから」

「……」

鳥語が話せる……。雀と、百パーセント言葉が通じる……。

皐月は一瞬、眩暈のような物を感じた。犬語とか、鳥語とか、この課の人達って、いったい、何を言ってるの……？

動物の言葉が分かるなんて、そんな事、あるわけないじゃない。そう、あるわけない……。

皐月はそう思って、電線にとまっている雀たちを見上げた。

その瞬間、電線にとまっていた雀三羽が、一斉に飛び立った。

えっ!?

「合図だ！　突入するぞ！」

ＳＩＴの一人が声を上げると、その他の大勢のＳＩＴが雪崩のように豪邸に突入していった。

「俺達も後に続くぞ！　行くぞ！」

沢村はそう言うとＳＩＴの後を追って駆け出した。皐月達も慌てて後を追った。

4

ＳＩＴが豪邸の一階のリビングの窓ガラスを破り中に突入し、あっという間に一階のダイニングキッチンで水を飲んでいた黒ずくめの服の男を確保した。

その様子を皐月は呆然と見つめた。本当に寝室以外の場所に、強盗がいた。という事は、館山さんが鳥語が話せるっていうのは本当って事？　市川さんが犬語が話せるって事も……。

「二階の寝室の真壁さんの安全を確認しろ！」

沢村の言葉に、皐月達は一斉に二階の階段を駆け上った。皐月が角部屋の寝室のドアを開けると、ベッドの上にぐったりと横たわった真壁洋子の姿があった。

「真壁さん……」

皐月が近寄って声を掛けようとすると、美咲が皐月の側をすり抜け、ベッドの真壁洋子に駆け寄って声を掛けた。

「ママ！　ママ！　大丈夫っ!?　しっかりして！」

美咲の言葉に皐月はギョッとした。
マ、ママ……？
美咲の呼ぶ声に反応したのか、真壁洋子はゆっくり目を開けた。

真壁洋子は目の前にいる美咲の事をじっと見つめた。

「あなたは……」

美咲の目は涙で潤んでいた。

「マ……」

「……どなたか存じ上げませんが、あなたが助けてくれたんですか？　ありがとうございます……」

「……」

美咲は一瞬、何かを言いたそうに口を動かしたが、その後、俯いて、言った。

「マ……真壁さん……私は、警察の者です。ご無事で、良かったです……」

真壁洋子はニッコリと微笑んだ。美咲は、ぎこちない笑顔を返していた。


強盗を無事に渋谷警察署に引き渡し、皐月達は今日はその場で解散になった。皆で渋谷駅に向かって歩いている時に、皐月は美咲に聞いた。

「小笠原さん……さっきは、本当にあれで良かったの？」

美咲は冷めた目を皐月に向けた。

「あれで良かったって？」

「だって、小笠原さんの前世は真壁さんが昔、飼っていたトイプードルのマリアちゃんなんでしょう……？　このままじゃ真壁さんは結局、小笠原さんが昔、自分が飼っていたマリアちゃんだって知らないままで……」

美咲は自嘲気味に笑って言った。

「そんな事、知らないままの方がいいでしょ。例え知っても、とても信じる事なんて出来ないと思うわよ。でも、それは仕方ないわよ。だってもう、マ、真壁さんは八十を過ぎたおばあちゃんだもの……。真壁さんの頭を混乱させるような事を、わざわざ言いたくないし……」

「……小笠原さんは、真壁さんが自分の前世の飼い主だったって事はずっと知ってたの？」

美咲は皐月をじっと見つめた後、言った。

「そうよ。前世の記憶があるからね。人間の小笠原美咲として転生した後も、ずっと真壁さんの事は気がかりだった。真壁さんが家族と一緒に住んでいた時はまだ良かったんだけど……その後、子供達が独立して、パ、旦那さんが亡くなって、真壁さんが一人暮らしになってからは、ずっと心配で……。それで、時々、様子を見にいったりしてるんだけどね……」

皐月は母親の綾子のお見舞いに行った時の事を思い出した。そういえばあの時、小笠原さんの事を見掛けた。

そうか、真壁さんは葛飾区の知り合いに会いに行った時に、転倒して足を骨折したと沢村さんは言っていたから、その時、救急車で葛飾区の病院に運ばれて入院したんだ……。そして、その病院に小笠原さんは心配で様子を見に来ていたんだ……。

知り合いじゃないからお見舞いが出来ずに、ただ、病院を外から見つめていた……。

「とにかく、この話はもうやめ！　私のプライベートの事なんだから、これ以上聞かないでね」

そう言うと美咲はさっさと早足で歩いて行ってしまった。

その時、皐月の背後から市川が、

「小笠原さん、きっと照れ臭いんですよ。人間に転生した後も、一途に前世の飼い主の事を思っている自分の事を知られちゃって」

　と、フォローするように言った。

「そうね……正直、小笠原さんって、そんなイメージ無かったから意外だった……」

　市川は皐月の隣に並んで歩きながら、

「でも、小笠原さんみたいな人って、意外とたくさんいるんじゃないかと思いますよ。僕も、そうだし……」

「……」

　皐月は何て返したらいいか分からず、黙って歩いた。何か違う話題をしようと思い、

「今日捕まえた強盗って、黒ずくめの服装してたね」

「そうですね。でも多いんですよね、犯罪者の服装で黒って」

「そういえば、私が警察官として交番で勤務していた時も、犯人は黒い服装の人が多かったな……。よく考えると不思議ね。何で黒なんだろう……」

「理由は分かりませんが、統計にも出てるんですよね。犯罪者の着る服の色ってダントツで黒が多いんです。これは僕の推測なんですが、悪い事をする人ってその事に対しての後ろめたさのような物があって、無意識に黒を着るんじゃないですかね……。黒い色で、自分の事を隠したいというか。あと、犯罪って昼間より夜に行われる事が多いので、闇に紛れようとしているのかもしれません」

「……そうなのかもね」

「もちろんオシャレで黒を着ている一般の人もたくさんいると思いますけどね。鳴海さん、じゃあ逆に、犯罪者が着る服の色で、一番少ない色って何だと思います？」

「え？　何だろ。黒の反対で白とか？」

「ピンクです」

「……ピンク」

「まぁ、犯罪者は男性の割合が多いっていうのもあると思いますけどね」

「そうだね……男性はピンクって、あんまり着ないもんね……」

二人は渋谷駅に着き、改札を通った。

「じゃあ、ここで。お疲れ様」

皐月が市川に言うと、

「え？　同じ京成線ですよね……」

「私、これから母の病院に面会に行くから、京成線じゃなくて常磐線に乗るの。今からだったら病院の面会時間にまだ間に合うから」

皐月の言葉を聞いて、市川の顔色が変わった。

「病院に面会……？　ママ、どこか悪いんですかっ!?」

「え……」

キョトンとした皐月の反応に、市川はハッとして恥ずかしそうに目を伏せた。

「いえ……鳴海さんのお母さん、どこかお悪いなら、心配だなって……」

皐月はそんな市川をじっと見つめて、

「……全然、大丈夫。念のための検査入院だから。たぶん、何の異常も無いと思う。心配してくれてありがとう」

皐月は微笑んで言った。そうか……市川さんにとって、前世飼い主だった私のお母さんは、前世のママ、なんだな……。小笠原さんにとって、真壁さんがママのように……。

そう考えると、私は市川さんにとって何なんだろう。一応、飼い主だったけど、ママというよりは姉とか、妹のような存在なのかもしれない。

皐月が市川と別れて駅の通路を歩いていると、ふいに背後から声を掛けられた。

「鳴海さん」

皐月が振り返ると、そこには小笠原美咲が立っていた。

え？　小笠原さん、さっき先に歩いて行ったはずじゃ。

美咲は皐月の方に一歩、踏み出すと、言った。

「……最近、鳴海さんって、市川さんと仲が良いよね」

「え？　そうかな。別にそんな事無いと思うけど。前と同じよ」

皐月は内心、いったい何の話だろうと思ったが、そう答えた。美咲は気色ばんだ表情になって、

「でも、鳴海さん、市川さんにタメ語で話してるじゃない。前は敬語だったのに……」

「ああ、それは、この前の居酒屋で沢村リーダーがこれからは皆、タメ語で話そうって言ったからよ。だから市川さんだけじゃなく、小笠原さんにもタメ語で話してるでしょ？」

「……でも、市川さんはいまだに鳴海さんには敬語なのに」

「そういえば、そうね。でも、それは私が年上だから気を使っているんじゃない……？」

あと、やっぱり前世の飼い主だって事もあるのかな……と、皐月は内心思った。

「……ふーん」

美咲はそう言った後、考え込むように黙った。

皐月はそんな美咲の様子を見て、辟易した。ちょっと、私、これからお母さんのお見舞いに行くんだけど……。

皐月は腕時計を見ると、

「ごめん、小笠原さん、私、ちょっと急いでるの。また今度ね」

そう言って踵を返して皐月が歩き出すと、突然、背後から小笠原の大きい声がした。

「待って!!」

皐月は思わず振り返った。そこには、睨みつけるような鋭い眼光を皐月に向けた、険しい表情の美咲がいた。

皐月はギョッとした。な、何その目……。まるで親の仇でも見るような……。

美咲は一回咳をした後、言った。

「鳴海さん、今度の休み、会えないかな。話があるの」

「……話?」

「そう、大事な話」

美咲はそう言うと、さっきとは打って変わった優しい表情でニッコリと微笑んだ。

第四話

小学生行方不明事件

1

「ここが、小笠原さんの家……？」

皐月は呆然と、目の前に聳え立つ、銀色に輝く高層マンションを見上げた。

港区に住んでいると聞いて、もしかしたらお嬢様なのかなと思っていたけれど、まさか、こんなタワーマンションに住んでいたなんて……。

皐月は戸惑った気持ちのまま、タワマンの正面入り口から中に入り、二重のオートロックを通った後、まるで高級ホテルのような豪華な内装のエントランスを歩いて行った。
エ、エントランスの通路が、長い……。いつになったらエレベーターに着くの……。
皐月がうんざりした気持ちになった瞬間、やっとエレベーターが何基も並んでいるエレベーターホールに着き、エレベーターに乗ると、美咲が住んでいるという三十五階の部屋のボタンを押した。


「いらっしゃ〜い。休みの日にわざわざごめんね。さ、中に入って」

美咲の部屋に着くと、美咲が笑顔でドアを開けて、言った。

リビングに通されると、皐月はリビングのあまりの広さと、窓から見える絶景に呆然とした。

あの窓から見える高い建物って、もしかしたら東京タワー？

「この部屋、東京タワーが見えて良いでしょ。そこだけは気に入ってる」

まるで皐月の気持ちを読んだかのように、美咲が言った。

「小笠原さんって、お金持ちだったのね……」

皐月がつい思った事を正直に言うと、

「私が金持ちなんじゃなくて、親が金持ちなの。刑事の給料でこんな所に住めるわけないでしょ。さ、適当に座って」

美咲に言われて、皐月はとりあえずやたら大きな革張りのソファーに座った。

「それで、話って？」

皐月が単刀直入に聞くと、

「あ、その前にお茶入れてくるね。コーヒーと紅茶、どっちがいい？」

「……じゃあ、コーヒーで」

「オッケ～」

美咲はいそいそとダイニングキッチンの方に向かった。皐月はその姿を眺めながら、この前、駅で会話した時の雰囲気とはずいぶん違うな……と、いささか拍子抜けした。

あの時の異様な雰囲気からして、今日の小笠原さんの話っていうのは、何か、とんでもない話なのかもしれないと、一応、心構えをしてきたのに……。

美咲はダイニングキッチンからトレイを持って戻って来ると、大きなテーブルにコーヒーカップ二つと、シュガーポットとミルクピッチャーと、クッキーが乗った白いお皿を乗せると、皐月の真向かいのソファーに座った。

「鳴海さん、ミルクと砂糖は？」

「大丈夫。私、いつもブラックだから」

「そうなんだ。私はミルクと砂糖を入れないとコーヒーって飲めないんだよね。カフェでも、いつもカフェラテを頼むし」

美咲はそう言うと、コーヒーにシュガーポットからどさどさと大量に砂糖を入れた。

「え、ちょっと入れ過ぎなんじゃない……？」

皐月がつい心配になってそう言うと、美咲は返事をせず、次にミルクピッチャーから大量にミルクを入れてかき混ぜた後、コーヒーを一口飲んだ。

その後、コーヒーカップをソーサーに置くと、皐月に向かって言った。

「鳴海さんはもう気付いていると思うけど……」

「……」

「私、市川さんの事が好きなの」

「えっ!! 全然気付かなかった!!」

「……あ、そう。私が市川さんの事を好きなのはけっこう前からで、前世からなのよね」

「……前世から？」

「トイプードルのマリアちゃんだった時から、市川さんの事が好きなの。あ、その時は市川さんは、トイプードルのセピアだったけどね」

「え……」

「だって、市川さんって今もイケメンで優しいけど、セピアだった時もイケメンで優しかったじゃない？ それは好きになっちゃうよね。惚れちゃうよね。真壁さんに散歩に連れて行って貰う時、セピアに会うのが、本当にいつも楽しみだったなぁ～」

美咲は遠くを見るような顔をして、うっとりと呟いた。

そんな美咲を皐月はあっけに取られて見つめた。セピアがイケメンで優しかったたって……。確かにセピアは優しい性格だったけど、イケメンだったかしら。トイプードルって、大体、同じような顔をしてると思うんだけど。いや、でもそれは私が人間だからそう思うだけで、犬同士の間では、微妙な違いを見分ける事が出来るのかもしれない……。

美咲はコーヒーを一口飲むと話を続けた。

「だから……市川さんが、セピアが、亡くなっちゃった時は、本当に辛かった……。その事を聞いた時、ショックで倒れちゃったぐらいよ」

「あ……」

美咲の話を聞いて、皐月は思い出した。そういえば、セピアが亡くなった後、道で偶然散歩中の真壁さんに会った。その時、真壁さんからセピアちゃんは今日はどうしたの？と聞かれて、天国に行っちゃったんです……と答えたら、突然、真壁さんが連れていたマリアちゃんが、バタッと道に倒れた事があった。真壁さんは慌ててマリアちゃんを抱きかかえて病院に連れて行くって走っていったけど……。それから一ヶ月ほど経って、道で会った真壁さんに、マリアちゃんが天国に行ってしまった事を聞いた……。

皐月はここまで思い出してハッとした。

「もしかして……小笠原さんが、マリアちゃんが亡くなったのって、セピアが亡くなった事がショックだったからなの……？」

「それは原因の一つとしてあるかもね。でも、私の直接の死因は老衰。まぁ、もう十五歳で私もいい年だったしね……。ただ、市川さんが、セピアが亡くなった事で、生きる気力を無くしたっていうのは、あるかもね……」

「そうなんだ、老衰だったのね……。でも十五歳だったならそうかもね。小型犬の寿命って、大体それぐらいだし。セピアも十五歳で老衰で亡くなったし……」

「市川さん、セピアも老衰だったのね……。それで、私はセピアの死を知ってたから自分が死ぬまでの一ヶ月の間、必死に神様に祈ったの。どうか神様、生まれ変わっても、セピアに会わせて下さいって。もう一度、セピアに会いたいですって……」

「そうなんだ……。マリアちゃんって、そんなにセピアの事が好きだったんだ……。全然、気付かなかった」

皐月の言葉に美咲は鋭い視線を向けた。

「なんか、鳴海さんってちょっと鈍くない？　私がマリアだった時、セピアに会った時、すごく嬉しそうだったじゃない。めっちゃ尻尾振ってたし。私はマリアだった時はクールなタイプだったから、めったに尻尾なんか振らなかったのよ。私は犬の時も可愛かったから、普段からよく人や犬が寄って来たけど全部スルーしてたし。もちろん真壁さんとか、真壁さんの旦那さんとか、真壁さんの子供達とかは別よ。家族だからね。でも家族以外の相手で尻尾振ってたのはセピアだけよ。私がセピアに向かって、あんなにダッシュで駆けて行って、千切れんばかりに尻尾を振ってたのは、それは私がセピアを好きだったからよ！見りゃ分かるじゃん！」

「ごめん、分からなかった。私、マリアちゃんの普段の姿とか、あまり知らなかったし……」

「まぁ、そうね。散歩の時ぐらいしか会わなかったもんね」

美咲はそう言うと、クッキーを一枚手に取って食べた。食べ終わった後、

「私……本当は、このマンションに住みたくなかったの」

と、不満げに言った。

「え？　こんなに素敵なマンションなのに？」

皐月が不思議に思って聞き返すと、

「本当は葛飾区のマンションに住みたかったの。京成線の青砥駅の近くの……」

「え、それって……」

「そう。市川さんの住んでいるマンションの近くに住みたかったの。さすがに職場の同僚が同じマンションに引っ越して来たら、市川さんに引かれちゃうなって思ったから、市川さんのマンションから徒歩五分か、十分ぐらい離れているマンションに住みたかったんだけど……親の許可が出なくてさ」

「自分が住むマンションを決めるのに、親の許可がいるの？」

「私、警察に入れたのって、親のコネなんだよね。だから逆らえなくて。親は、実家の近くで、セキュリティのしっかりしたマンションじゃなきゃ一人暮らしを許可してくれなくて。それで、このマンションになったんだけどね。もちろん家賃が高すぎるから、それは親が払ってくれてるけど」

「……」

親のコネで警察に入った……。警察にもそういうコネ入社みたいな物があるのか……。

それにしても、どうしてそこまでして小笠原さんは警察に……。まさか……。

「もう分かってると思うけど、私、市川さんと知り合いになりたくて警察に入ったの。やっぱり、自然と仲良くなるためには、同じ職場になるのが一番かなって思ってさ。仲良くなった後で、告白した方が上手くいくと思って」

「そ、そうなんだ……。でも……小笠原さんって、どうして市川さんのマンションの場所とか、市川さんが警察に入ったって事を知ってるの？　そもそも、市川さんの前世がセピアだって事をどうやって知ったの？」

「これは本当に偶然なんだけど、用事があって普段は行かない葛飾区に行った時、道を歩いていたら、私の前を市川さんが歩いていたの。でもこの偶然は神様が私にもたらしてくれた物だと思ってる。生まれ変わってもセピアに会いたいって、一生懸命お願いしたから……。その時、たまたま側を通りかかった犬を散歩させていた人が、セピア！　って犬に話し掛けたのね。茶色のポメラニアンだったけど。その時、市川さんがその声に反応して、振り向いたの。それを見て、直感したの。この人は、セピアなんだって。顔もめっちゃイケメンだったし」

「……」

「それで気付かれないように後をつけて行って、市川さんのマンションの場所を確認して、その後、探偵を使って素性を調べ上げたのよ」

皐月は美咲の話に呆然とした。なんか、どっかで聞いた事のある話……。

美咲はまたコーヒーを一口飲んだ後、

「市川さんって、刑事になってから最初に配属されたのは、暴力団対策課なんだよね」

「えっ？　暴対っ？　市川さんが？」

「そう、暴対。ヤクザも震え上がる、超怖い暴対。でも、それぐらいじゃないとヤクザと対等に渡り合えないのかもしれないけどね。市川さんは身体能力の高さを買われて配属されたらしいけどね……。それで、私も暴対に親のコネで入ろうとしたら、親に反対されて。まぁ、親の気持ちも分かるけどね。でも、私はどうしても市川さんと同じ課に入りたかったから、どうしようって思って……それで、思いついたの。同じ課になりたいなら、私と市川さんだけが所属する、新しい課を作っちゃえばいいんだって」

「……」

「もちろん、わざわざ新しく作るなら、警察の捜査に貢献出来る課じゃないと駄目だと思ったから、私と市川さんが前世から引き継いでいる特殊能力をいかした課にしようって思って、それで、親から警視総監に頼んでもらって、本庁に前世特殊能力特別捜査課を去年、新設したの」

「ちょっと待って。警視総監に頼んで新しい課を新設って……そんな事、出来るの？」

「私の父親は警視総監の古い友人で、仲が良いから」

「……」

皐月は内心、ゾッとした。いくら古い友人だからって、普通はそんな事出来ないんじゃないの？小笠原さんの父親って、もしかして政財界を裏で牛耳る権力者か何かなんだろうか……。

「でも、ちょっと誤算があってさ。私は自分と、市川さんだけ所属してればよかったのに、警視総監が妙にやる気になっちゃって、前世の特殊能力を持った人達をもっと所属させようって言って、刑事講習の試験に、前世の記憶があるかとか、前世は動物だったかとか、質問する内容を記載するようになっちゃって……。それで、メンバーが増えちゃったんだけどね」

「……そうだったのね。それで、小笠原さんの大事な話って、結局、何？」

まさか、わざわざトイプードルのマリアちゃんだった時からの自分の生い立ちを話すために呼んだんじゃないわよね……。

「それはこれから話すわ。つまりね……私は市川さんの事が好きで、付き合いたいと思ってるから、もっと言うと結婚したいと思ってるから、それを、鳴海さんに邪魔されたくないのよ」

「邪魔？」

「だって鳴海さんって、市川さんの元飼い主じゃない？　市川さんは鳴海さんに特別な愛情を抱いていると思うのよ。それこそ鳴海さんの言う事だったら、何でも聞いちゃうぐらいに。その鳴海さんに、小笠原さんとは付き合わないでって言われたら、たぶん、その通りにしちゃうんじゃないかなって思って。だから、そういう邪魔をしないで欲しいのよ。それを言いたくて」

「……何だ、そういう事。大丈夫よ、安心して。私、市川さんが誰と付き合おうが干渉するつもりなんて全然無いから」

美咲はじっと皐月を見つめた。

「本当に？」

「本当よ。だって、いくら前世で飼い主だったからって、今はただの職場の同僚だもの」

「……そっか。良かった」

美咲は本当に心から安堵したように、俯いて小さく溜息をついた。

皐月はそんな美咲の様子を見て、質問した。

「それで、小笠原さんはもう市川さんに告白したの？」

美咲は顔を上げた。

「え？　まだだけど」

「え？　でも前世特殊能力特別捜査課って、去年新設されたんでしょう？　もう一年ぐらい経ってるんじゃない？　小笠原さんと市川さんは設立当初からのメンバーなんでしょ？」

「そうだけど……」

「じゃあ、もう一年間一緒なわけよね。十分、仲良くなったんじゃないの」

「……まぁね」

「さっき、仲良くなってから告白するって言ってたよね」

美咲はソファーから立ち上がると、窓辺まで歩いて行った。そして、窓の外の景色を眺めながら、言った。

「まぁ……それはその内……」

「その内？」

「その内はその内よ」

「……」

突然、美咲は振り向くと、皐月に言った。

「言っとくけど、振られるのが怖いわけじゃないからねっ！　私は慎重なタイプだから、時期を見ているだけなのよ。告白する一番良いタイミングの時期を見てるのよ！　決して、振られるのが怖くて、告白出来ないわけじゃないんだからねっ！」

「……」

「あ、当然だけど、絶対に私が市川さんの事を好きだって事、市川さんには言わないでね！　言ったら、マジで殺すからっ！」

「もちろん、言わないわ」

皐月はキッパリ言った。内心、言ったらマジで殺されそう……と、思った。

2

翌日、皐月がいつもと同じように出勤すると、部屋の中に市川の姿が無かった。あれ、まだ来てないのかな、いつも私より早く出勤しているのに……と皐月が不思議に思っていると、沢村が、

「市川は今日は休みだ」

「え、何かあったんですか」

美咲が心配そうに聞いた。

「インフルエンザだ。しばらく休む事になるから、その間、鳴海は俺と鈴村と組む。小笠原は館山とコンビを組んでくれ」

美咲は「分かりました」と頷いた。皐月も、

「分かりました。鈴村さん、よろしくお願いします」

皐月は側にいたショートカットの鈴村祥子に挨拶をして頭を下げた。鈴村さんは、確か、前世が猫だって人よね……。

「こちらこそよろしく。じゃあ、さっそくパトロールに出ましょうか」

鈴村が笑顔で言った。

皐月と沢村と鈴村で外に出ると、鈴村が、

「沢村リーダー、今日はどこをパトロールしましょうか」

「そうだな〜。まぁ、天気も良いし、適当に近くの住宅街でも回るか」

「分かりました」

鈴村は頷いた。それから三人で住宅街に向かった。

住宅街に着き、皐月は歩きながら、隣を歩く沢村の事を横目で見た。

今日は天気が良いから、適当に近くをパトロールって……。なんか、沢村リーダーって
いいかげんだな。市川さんが、沢村リーダーは現場からの叩き上げですごく仕事が出来るって言ってたけど、それはもう過去の事なのかしら……。

皐月がそんな事を考えていると、突然、

「泥棒っ!!」

という叫び声が聞こえ、それと同時に、道の角から、男が走り出してきた。手にはハンドバッグを持っている。沢村が、

「引ったくりだ！　後を追うぞ！」

「はい！」

皐月と鈴村は同時に答えた。そして走って行く男の後を三人で追いかけた。皐月は走りながら隣を走る沢村が、

「こんな時に市川か小笠原がいてくれたら……」と悔しそうに呟くのが聞こえた。

そうか、小笠原さんも市川さんと同じように前世が犬だから、足が速いんだ……。

しかし、引ったくりの男はあまり足は速くないらしく、皐月達はかなり近くまで距離を詰める事が出来た。その時、男が道の角を左に曲がり、皐月達も後を追って角を曲がった。

すると、男が道の先で立ち止まっているのが見えた。

男の前の道が工事中のため、バリケードで塞がれているのが見えた。だが、男はすぐにバリケードの柵を乗り越えて、中に入って行った。

「おいおい、入っちゃ駄目だよっ！」

工事現場の人達の中の一人が、慌てたように男を制止しようとしたが、男はその人を突き飛ばし、工事中の道を突進して行った。まずい、と皐月は思った。この後、私達がバリケードの中に入ろうとしたら、もっと強引に止められてしまう。皐月は警察手帳を出そうとした。その時、沢村の声が響いた。

「鈴村、頼む！　男を追ってくれ！」

「分かりました！」

鈴村が返事をした。

次の瞬間、皐月は信じられない光景を見た。

鈴村が、勢いよくジャンプして、工事中の道の横にある高い塀の上に、飛び乗ったのだ。

えっ!?

「さ、沢村リーダー！　鈴村さんが、塀の上に飛び乗りました！　あんなに高い塀に！」

皐月は思わず叫んだ。

「鈴村は前世が猫だからな」沢村が冷静な声で返した。

鈴村は塀に飛び乗った後、すごい勢いで塀の上を走って行った。

「さ、沢村リーダー！　鈴村さんが、塀の上を走ってます！　あんなに幅が狭いのに！」

「前世が猫だからな」

「猫って、すごい……」

皐月はそう呟いた後、ハッとした。今の会話、工事現場の人達に聞かれた……？　しかし、鈴村のあまりに現実離れした行動に目を奪われているらしく、工事現場の人達は、ただ呆然と鈴村の走る姿を見つめていた。

皐月達は工事現場の人達に警察手帳を見せると、バリケードの中に入って行った。

鈴村は塀の上を走り、ひったくりの男に追いつくと、塀の上から男に飛び掛かり、男を確保した。

3

皐月達はひったくり犯を警視庁の窃盗係である捜査第三課に引き渡す手続きをして、本日は解散になった。皐月はその後、常磐線に乗って母親のお見舞いに行き、また帰りに常磐線に乗って、車内のシートに座って携帯を見ていたら、頭上から声がした。

「あれ、鳴海さんじゃない」

皐月が顔を上げると、鈴村が立っていた。皐月が、

「お疲れ様です」と挨拶すると、

「お疲れ様。鳴海さんって常磐線だっけ。あ、お母さんが最寄駅の近くに入院してるって言ってたね。お加減は大丈夫なの？」

「はい、大丈夫です。母は健康だけが取り柄のような人なので。念のための検査入院です」

「そうなんだ、良かった。あ、鳴海さん、この後何の用事も無い？　良かったら一緒に夕食を食べない？　この次の駅の側に、美味しい洋食屋さんがあるの」

「いいですね」

皐月は頷いた。


駅を降りて洋食屋に着くと、そこは住宅街の中の一軒家風のお店で、中に入ると平日のためか、客はまばらだった。皐月と鈴村は二人用の木製のテーブルに向かい合わせに座って注文を取った。

注文したカレーセットを食べながら、鈴村が言った。

「ごめんね、付きあわせちゃって。私、一人暮らしだからたまには誰かと夕食を取りたくて……」

「いえ、大丈夫です。私も一人暮らしなので」

皐月はチキンカツのセットを食べながら、鈴村さんも私と同じ独身なのかなと思った。

「そっか、なら良かった。あのさ、前から気になってたんだけど……」

「何でしょう」

「鳴海さんって、私に対して敬語を使うじゃない？　館山さんにもそうだけど。それをやめて、タメ語にしてくれないかな。同僚だし、同い年だから気を使わないで欲しくて。ほら、鳴海さんって、市川さんと小笠原さんにはタメ語で話すでしょ？　私と館山さんにもそうして欲しいのよ。館山さんもそうして欲しいって言ってたから」

「あ、そうですね……」

そう言えば、市川さんと小笠原さんにはこの前の麻薬密売人の事件の後、居酒屋で沢村さんにタメ語を話す事を提案されてから、そうしているけれど、その場にいなかった鈴村さんと館山さんには、敬語で話してたな……。二人とも、私と同じ三十五歳らしいし、敬語で話されるのは、ちょっと居心地が悪いのかもしれない。

「うん、分かった……これからは、そうするね」

皐月が答えると、鈴村は安心したようにニッコリ笑った。その後、カレーを口に運びながら、

「なんか、やっぱり人と食べるご飯って美味しいよね……。いつも一人だから余計そう感じる」

と、呟いた。

「そうかな……私は正直、一人で食べても誰かと食べてもあまり変わらないけど」

皐月がそう言うと、鈴村が顔を上げて、

「私、独身なんだけど、鳴海さんも？」

「うん。そうよ」

「結婚願望は無いの？」

「特に無いな。ずっと独身でもいいと思ってる。仕事も大変だし」

「ふ～ん、そうなんだ。私はね、すごく結婚願望があるの。めっちゃ、あるの。だからも

し今、結婚したいと思う相手が現れて、その人が仕事を辞めて欲しいって言ったら辞めてもいいと思ってる」

「え、そうなんだ……」

皐月は意外な気がした。鈴村はショートカットでボーイッシュなイメージだったためか、あまり結婚に憧れるようなタイプに見えなかったせいかもしれない。

「もちろん今の課の仕事は好きよ。刑事の仕事は自分の意思で選んだ仕事だしね。でも、前世で猫だった時から結婚生活に憧れていたし……」

「え、そんな話、ここでして大丈夫……?」

皐月は思わず、周囲を見渡してしまった。前世特殊能力特別捜査課の事は、本庁のトップシークレットのはず……。

「ああ、それは大丈夫。だって、こんな事話しても、聞いた人はドラマか映画の話だと思うだろうしね。ただ、私達の所属している課の名前は一応言わないように気を付けなきゃ駄目だけどね」

そう言って、鈴村は笑った。

「なるほど……」

さっき、鈴村さんが今の課の仕事は好き、と言って、課の名前を言わなかったのは、そういう事か……。

「でも、さっきの鈴村さんの活躍には驚いちゃった。さすが前世が猫だけあってすごいなって」

「ふふ、ありがとう。でも私よりも市川さんや小笠原さんの方がやっぱりすごいと思う。

警察の捜査に必要な物をすべて持っているというか。嗅覚がすごいし足もすごく速いし……」

「確かに、市川さんの走っている所を初めて見た時はびっくりした。こんなに足の速い人がこの世にいるんだって……」

「市川さんって前世がトイプードルじゃない？　トイプーって、元のプードルが猟犬だからかもしれないけど、小型犬の中では一番足が速いのよね。時速45キロぐらいで走れるみたい。ウサイン・ボルトより速いのよ」

「ボルトより速い……。すごい。小型犬とはいえ、さすが犬だね。ちなみに、猫ってどれぐらいの速さで走れるの？」

「猫は、大体、時速50キロぐらいかな」

「えっ!?　時速50キロっ？　じゃあ、猫の方が小型犬より速いじゃない」

「猫の場合は、瞬間的に速く走れるだけだから。でも犬は猫に比べて足の筋肉もあるし、肺活量もあるから、速い状態で長く走れるのよ。そこがやっぱり犬のすごい所だと思う。あと、猫の嗅覚はせいぜい人間の十万倍ぐらいだけど、犬は人間の数千万倍あるし……」

「十万倍あるのもすごいと思うけど……。でも瞬間的とはいえ、そんなに速く走れるのなら、今の仕事をやってるより短距離の陸上選手になってオリンピックに出た方が良くない？」

「ハハハ、本当に猫と同じぐらい速く走れるなら、それもいいかもね。でも、実際は猫と同じだけ速くは走れないから。嗅覚もそう。やっぱり猫とは体の構造が違うしね。それは市川さんや小笠原さんも同じ。それでも一般の人達よりは速く走れるし、嗅覚もあるけどね」

「そうなんだ……」

確かに犬と猫と人間では体の構造自体が違うものな……と皐月は思った。そもそも犬と猫は足を四本使って走るけど、人間は二本だけだし……。

食事を食べ終わり、食後のコーヒーを飲んでいる時に、パラパラと小雨が降るような音がした。皐月が店の窓を見ると、窓ガラスに水滴がついていた。

「雨が降って来たね」鈴村が言った。

「そうね……。天気予報が当たった。傘を持って来て良かった。鈴村さんは？」

「私も持ってきた」

鈴村はコーヒーカップを手に窓の外をじっと見つめた後、言った。

「ねぇ、鳴海さんは、人生の一番初めの記憶って、覚えてる？」

「一番初めの記憶？」

「そう、この世に生まれて来て、最初の記憶」

「なんとなくだけど、これがそうかなっていう記憶はあるよ。私は、寝転がっていて……たぶん、まだ赤ちゃんだったんだと思うんだけど、場所は畳の部屋だったと思う。井草の香りを覚えているから。そうしたら、寝ている私の側を……大根が通って行ったの」

「だ、大根？」

「二本のね、白くて太い物体が通って行って……赤ちゃんながら、なぜ、ここに大根が？　そして、なぜ歩いているの？　と思ったんだよね。大根って名前はまだ知らなかったかもしれないけど……。でも今思うと、あれは……お母さんの足だったんじゃないかと思うの」

「……」

「でもこの事をお母さんに話した事は無いの。なんか、怒られそうで」

「そうね……言わない方がいいかも……」

鈴村は笑いを堪えたような表情をしてコーヒーを飲んだ後、言った。

「私は人間として生まれた最初の記憶って覚えてないんだけど……猫だった時の、最初の記憶は覚えているんだよね……」

「そうなんだ……」

「うん。私ね、捨て猫だったの。一匹だけで、段ボールの中にいて……。場所は公園の植え込みの前。雨が降っていたのを覚えてる。まだ小さくて目がよく見えなかったから、ただ、雨の音だけが、耳に響いていて……。でも寒くはなかったんだよね。夏だったのかな」

「……」

「その後、人間には拾われず、野良猫として生きていたんだけど……」

「え、そうなの？　そんな子猫の状態からよく大人の猫になれたね……」

「近所に住んでいた人間がね、ミルクをあげに来てくれてたの。その人がいなかったら、きっと大人の猫になれずに死んでたと思う」

「そっか……良かったね」

「でも私が大人の猫になれたのは運も良かったんだと思う。普通は野良猫の九割は大人になれずに、子猫の時に死んじゃうからね。食べ物の問題だけじゃなく、外敵も多いから。カラスに狙われたりね……。だから私は生き残った一割なの」

「すごい。エリートね」

「ふふ。そうね。でも、いつも一人ぼっちだった。もちろん発情期の時は彼女はいたけど」

「彼女？」

「私、猫だった時は雄猫だったから。でも、それも発情期の時だけの、一時の関係。子供が産まれても、それを育てるのは雌猫だったからね。ずっと一人で生きていて……ある日、自分の死を悟ったのね。ああ、私、死ぬんだなって……。そして、子猫の時に捨てられていた公園に戻ったの」

「……」

「公園の植え込みの前で横になって……。そうしたら、雨が降って来たの。子猫だった時と同じように。ああ、戻って来たんだなと思った。あの時と、同じ場所に……」

「……」

皐月の顔を見て、鈴村はギョッとした顔をした。

「ちょ、ちょっと、鳴海さん、何、涙ぐんでるのよ」

皐月は慌てて目を押さえた。

「ごめん……なんだか鈴村さんが可哀そうで……ううん、猫だった時の鈴村さんが可哀そうで……」

「……ありがとう、同情してくれて。でもね、猫だった時、私はそんなに不幸じゃなかったと思う。もちろんずっと一人ぼっちで孤独だったけど、孤独は、私を傷付けたり、辛い目に遭わせたりはしなかったから。そういう意味では、孤独はいつも私の味方だった。いつも、私に優しかった……」

「……」

「でも、一人で寂しかったのは事実だから、死ぬ前に思ったんだよね。神様、どうか今度生まれ変わる時は、私を人間の女性にして下さいって。そして、家族を持たせて下さいって……。何で人間かっていうと、やっぱり人間は憧れの存在だったから」

「猫から見て、人間って憧れの存在なの？」

「私がそう思っていただけで、他の猫が人間をどう思っていたかは分からないよ。でも、私は自分が猫だった時、人間の事がすごく羨ましかったな……。なんていうか、輝いて見えた……」

「そうなんだ……。それにしても鈴村さんだけじゃなくて、市川さんも小笠原さんも死ぬ前に神様にお願いしたって言ってて、それが皆叶ってるから、ちょっと驚いちゃった。神様って、意外と願いを聞いてくれるんだね」

「そうね。でも私が思うに、神様は全員の願いを聞いてくれるわけじゃないような気がする」

「え？」

「よく徳を積むとか言うじゃない？　神様は徳を積んだ人の生まれ変わりの願いだけ、叶えてくれるような気がする。つまり、生きている時に良いことをした人、あと、悪い事をしなかった人。なんとなく、そう思うだけだけど。だから私、絶対人間に生まれ変わりたいって思ってたから、猫だった時、めっちゃ真面目に生きてたもん！」

「……」

　猫だった時にめっちゃ真面目に生きてたって、いったいどういう生き方……。魚屋さんの魚を盗まなかったとか……？

鈴村はコーヒーを一口飲んだ後、溜息をついた。

「でも、人間の女性になる夢は叶ったけど、家族を持つっていう夢は、いまだに叶わないのよねぇ〜、それは自分の努力で叶えろって事なのかな〜。でもけっこう頑張って婚活してるんだけどね。友達には祥子は理想が高いから結婚出来ないって言われるんだけど、別にそんな事無いんだけどね。だって、理想の人と結婚したいなんて別に思ってないし。ただ、やっぱり結婚するなら、一緒にいてホッと出来るっていうか、穏やかな関係を築ける相手が良いなと思うんだけど、意外とそういう相手に巡り会えなくて……」

「そっか……」

皐月は自分の知り合いの、離婚した人や、結婚はしているけれど夫婦関係が冷めきっていて、家ではほとんど口を聞かないと言っていた人の事を思い出した。

確かに、穏やかな関係を築ける相手を見つけるのって、思っている以上に大変なのかもしれない……。

窓の外で雨音が激しくなっていく音がした。鈴村が顔を上げて、

「かなり降って来たね。そろそろ出ようか」

「そうね」

二人は会計を済ませ、店から出て行った。

4

数日後、市川はインフルエンザが完治し、出勤してきた。

「市川さん、もう大丈夫なの？」

美咲が駆け寄って聞いた。

「うん。もうすっかり元気。鳴海さん、今日からまたよろしくお願いします」

市川は皐月に顔を向けて笑顔で言った。

皐月が返事をしようとした時、部屋の電話が鳴った。沢村が出て、

「はい、ZTNTSKです。え、本当ですかっ？　分かりました、すぐに向かいます」

沢村は電話を切った後、皆の方を向くと、

「都内にある高尾美山で、今から二時間前、小学生の男の子が行方不明になったらしく、うちの課に応援要請が来た。これから全員で高尾美山に向かう」

「え、高尾美山で行方不明っ？　でもあの山はハイキングコースがあったりして、子供でも登れる安全な山なのに……」

不思議に思った皐月が言うと、

「親と一緒にキャンプに来ていて、親がちょっと目を離した隙に、行方不明になったらしい。今、警視庁の山岳救助隊が捜索中だ」

「救助犬が導入されてるんですか？　だったら私達がわざわざ行くよりも、本物の犬の方が……」

美咲が言うと、

「まだ導入されてない。それは救助隊が探して見つからなかった場合の、次の段階だ。俺達は救助隊の助っ人で呼ばれた。行くぞ」

「はい！」

全員で答えると、沢村の後に続いて部屋を出た。

高尾美山にあるキャンプ場に着くと、キャンプ用の椅子に腰かけている打ちひしがれた様子の、三十代ぐらいに見える男性がいた。この人が行方不明になった男の子の父親なのかもしれない、と皐月は思った。

沢村はその男に近づくと、

「行方不明になっている北島徹君の父親の、北島涼太さんですか？」

男はハッとして顔を上げると、叫んだ。

「はい！　あの、徹は見つかったんですかっ!?」

皐月は男の顔を見て、ギョッとした。顔色がとても悪く、目も虚ろだったからだ。

「いえ……まだ見つかっていません。私達は応援要請で駆け付けた別の課の者です。もう救助隊にお話しになったと思いますが、徹君が行方不明になった時の状況を改めて教えていただけますか」

沢村が慎重な様子で聞いた。

「……はい。今日は私と徹二人で、徹が前から楽しみにしていたキャンプに来て……私の仕事が忙しくて、なかなか来れなかったので……私がキャンプの準備をしている間に、気が付いたら、側で遊んでいたはずの徹がいなくなっていて……」

沢村は頷きながら、

「徹君は小学二年生で、八歳でしたよね。あのぐらいの子は、一人でどこにでも歩いて行っちゃいますからね……。これから私達も急いで捜索に入ります」

「お願いします！　と、徹を、助けて下さい！　冬だから夜になってもっと気温が下がったら……。わ、私も捜索に参加すると申し出たのですが、救助隊の人達に、お父さんはここで待機して欲しいと言われて……」

北島涼太は、そう言って項垂れた。

皐月は救助隊の判断は正しいと思った。こんな風に気が動転している人が捜索に参加しても、逆に捜索の妨げになってしまうかもしれない。沢村が、

「北島さん、捜索するにあたって必要なのですが、何か、徹君の匂いがついているというか……徹君が日頃から使用している物があったら、貸してほしいのですが」

皐月はハッとした。そうか、徹君の匂いが分かれば、それを元に嗅覚が鋭い市川さんや小笠原さんが、場所を突き止める事が出来る……。

「徹の匂い……あ、これなんかはどうでしょう」

北島は足元にあったリュックサックを手に取ると、そこからスニーカーを取り出した。

「このスニーカー、徹が普段から履いている物なんです。ただ、先日新しいスニーカーを買って、それを履きたいと言って……。でも私は、まだ新しいから靴ずれするんじゃないかと思って、念のため、普段から履いているスニーカーも持ってきたんです……」

「お預かりします」

沢村はスニーカーを受け取ると、それを一足ずつ、市川と美咲に渡した。

二人はスニーカーに顔を近づけて、匂いを嗅いだ。

「いけそうか？」

沢村が聞くと、市川が周囲を見渡して、

「今の時点では、徹君の居場所は分かりません……。ただ、捜索して、徹君のいる場所にもっと距離が近づけば、分かると思います」

「私も市川さんと同じです」

美咲が続いて言った。

「よし、じゃあ今から捜索に入る。市川と鳴海、俺と小笠原、鈴村と館山のコンビに別れて、それぞれ別のルートで探そう。小笠原、行くぞ」

「分かりました」

沢村と美咲は山の中に入って行った。皐月と市川、鈴村と館山も別方向から山へと入って行った。

皐月は市川と一緒に山の中の獣道を歩きながら、

「鈴村さんと館山さん、大丈夫なのかな……」

「え？」

「だって、鼻が利く市川さんと小笠原さんがいないのに、どうやって徹君の居場所を突き止めるのかなって……」

「ああ、それは大丈夫ですよ。館山さんがいますから。山の中は野鳥が多いから、途中で出会った鳥に、徹君の事を尋ねる事が出来ますからね」

「な、なるほど……」

二人は獣道を進んで行った。そこで、突然、市川が立ち止まった。

「市川さん、どうしたの？」

「……徹君の匂いがする」

「え、本当ですかっ？　じゃあ近くに徹君が……」

「あっちから、匂いがします」

市川は獣道を外れて、雑草が生い茂る中を早足で歩いて行った。皐月は雑草を掻き分けながら慌てて後を追った。ふいに目の前から雑草や樹木が消え､空間が現れた。そこには、小川が流れていた。

市川はその小川の前で立ち止まっていた。皐月は側まで駆け寄った。

「……ここで、匂いが途切れている」

市川が俯いて、悔しそうに呟いた。皐月は陽射しを反射してキラキラと光って流れる小川をじっと見つめた。

もしかしたら、この小川を徹君は渡って行って、その時、スニーカーが水に浸かってしまったせいで、匂いが途切れてしまったのだろうか……。

俯いていた市川が、急に顔を上げて、言った。

「向こうから、声が、聞こえる……」

「え？　声？　救助隊の声の事？　それならさっきから」

「男の子の声だ」

市川は小川を勢いよく飛んで渡ると山の中を走って行った。

「市川さん！」

皐月も小川を飛んで渡ると市川を追って走った。皐月は走りながら思った。

そうか……。犬は、嗅覚が鋭いだけじゃなく、聴覚も……。

皐月がやっと市川に追いつくと、そこには、雑草の中にうずくまった男の子と、男の子に寄り添うように肩に手を掛けながら、もう片方の手で携帯を持ち、沢村に連絡を取っている市川の姿があった。

5

男の子が、皐月と市川に連れられて無事にキャンプ場まで着くと、父親の北島涼太が走って来て、男の子を抱きしめた。

北島涼太は男の子を抱きしめながら、ポロポロと大粒の涙を流していた。

皐月達は警視庁の捜索隊に後の事を引き継ぐと、覆面パトカーに乗り帰路についた。

市川が行きと同じように運転し、助手席には沢村が座り、後部座席に皐月と美咲と鈴村と館山が座った。沢村が、

「今日は本当に市川がお手柄だったな。捜索を始めてから、あっという間に徹君を見つけたもんなぁ」

と、感心したように言った。

「そうですよね！　さすが市川さんって感じです！　すごい！」

と、美咲が満面の笑顔で市川を褒め称えた。

市川はいえいえ、鳴海さんとのチームプレイですと謙遜したように返した。皐月の隣にいた鈴村が、

「男の子が無事に見つかって良かったですよね。お父さんも、あんなに泣いて喜んで……。

最初に会った時、顔面が蒼白で、すごく取り乱していたし」

　それを聞いて皐月が、

「そうですよね。でも私、そのお父さんの取り乱した姿を見て、ちょっと驚いたんです」

「驚いた？　どうして？　子供が行方不明になったんだから当然だろ」沢村が返すと、

「でも、高尾美山ですよ？　例え子供でも遭難するような山じゃないし、それにまだ午前中だったから、きっと明るい内に見つかるんだろうなって私は思ったんです。ちょっと楽観視していたというか……」

　と皐月が言うと、

「そうね。それは、私もそう思った」と美咲が言った。皐月は続けて、

「だから、北島涼太さんがすごく動揺している姿を見て、驚いちゃったというか……。それは親だから当然なのかもしれませんが」

　皐月の言葉を聞いて沢村が、

「……北島さんの場合、過去の事も影響しているのかもしれないな」と呟いた。

「え？　過去の事って……」皐月が聞き返すと、

「捜索隊のリーダーに聞いたんだが、北島さんの奥さんって、事故で亡くなってるらしいんだよ。それで今は、北島さんと徹君、二人だけらしい。北島さんは奥さんに続いて、徹君までいなくなったらと思って、怖かったのかもしれないな……」

「……そうなんですね」

　皐月は沢村の話を聞いて、しんみりとした気持ちになった。車内の雰囲気も、なんとなく静まり返り、皆、黙っていた。

皐月は車窓の外に顔を向け、流れる景色を眺めながら思った。

今日の夜、北島さんも徹君も安心してぐっすりと眠れるといいな……。


翌日、皐月がいつものように市川と街中のパトロールに出ようとすると、沢村がデスクの上に乗ったスニーカーを見ながら、

「まずいな……これ、北島さんに返し忘れてた……宅急便で送るか……。えーと、確か住所は葛飾区東金町……」

沢村が手帳を開きながら住所を読み上げると、側にいた鈴村が、

「え？　その住所、私のすぐ近所ですよ。良かったら私、仕事帰りにスニーカーを届けに行きますよ」

「え？　わざわざいいのか？」

「はい。靴だったら、早く届けてあげた方がいいだろうし」

「そうだな……。じゃあ、頼む。家を訪ねる時は警察手帳を忘れずにな」

「はい」


鈴村は三階建ての古いマンションを見上げた。

「ここか……」

マンションにはエレベーターが無かったため、階段を昇って行った。三階の北島涼太の部屋に着くと、インターホンを鳴らした。

「はい」

部屋の中から北島涼太の声がした。

「さきほどお電話した警視庁の、ぜ、絶対特殊能力特別捜査課の鈴村です。北島徹君のスニーカーを届けに来ました」

「あ、今、開けます」

その後、玄関のドアが開いた。

鈴村は警察手帳を見せた後、北島にスニーカーを手渡した。

「わざわざ、すみません……ありがとうございます」

北島はスニーカーを受け取ると、丁寧にお礼を言った。北島の隣にいた徹が、鈴村を見て言った。

「パパ、このおばちゃん、誰──？」

「徹君、おばちゃんじゃなくて、お姉さん。こんな綺麗なおばちゃん、いないでしょ？」

鈴村は徹に向かってニッコリ笑って言った。

6

ある日、皐月がいつものように街のパトロールを終えて帰ろうとすると、沢村が、

「皆、ちょっと集まってくれ。急だが、鈴村から皆に話がある」と、言った。

え？　話？

皐月は改まって何だろうと思いながら、他の皆と一緒に沢村の元に集まった。

沢村の隣にいる鈴村が口を開いた。

「本当に突然の話で申し訳ないんですが……私、鈴村祥子は、今月いっぱいで、警察を辞める事になりました」

皐月は呆然とした。

「警察を辞めるって……いったいどうして?」皐月が聞くと、

「鈴村、結婚するんだよ。ほら、この前の高尾美山の事件で知り合った北島涼太さんと。まぁ、寿退社ってやつだな」

沢村が言った。隣で、鈴村が照れくさそうな顔で頷いた。

「えっ!? あの北島さんと? でも、あの高尾美山の事件って、まだ一ヶ月ぐらい前の事なのに……」

美咲が驚いたように言った。

「なんか、とんとん拍子で話が進んじゃって。北島さんの息子の徹君も、私にすごく懐いてくれているから、子供がまだ小さい内に結婚して家族になった方がいいんじゃないかって話になって……式を挙げる予定は特に無いんだけどね」

鈴村は笑顔で嬉しそうに語った。

「という事で、今日はこれから急遽、鈴村の結婚のお祝い会を兼ねた送別会だ。いつもの居酒屋にこれから皆で行くぞ。あ、鈴村、いつもと同じ所ですまんな」

沢村が申し訳なさそうに言うと、

「大丈夫です。私も突然の事ですみません」

鈴村が恐縮そうに言った。

その後、皆で居酒屋に向かい、いつもと同じように皆と飲みながら、皐月は鈴村の顔を盗み見た。

　鈴村は特にはしゃぐ事も無く、普段と変わらないように見えたが、その笑顔は幸せいっぱいで、輝いて見えた。


　居酒屋の帰り道、自分の前を離れて歩いている鈴村の後姿を、皐月はぼんやりと眺めた。鈴村の左隣には沢村がいて、二人で話しながら歩いていた。もしかしたら、今後の業務の引き継ぎについて話し合っているのかもしれなかった。沢村の隣には市川、鈴村の右隣には館山がいて、頷きながら話を聞いていた。

　皐月の隣を歩いている美咲がポツリと呟いた。

「いくら結婚するとはいえ、鈴村さんが刑事の仕事を辞めるなんて、ちょっとびっくり。鈴村さん、仕事がすごく好きそうだったのに……」

「そうだね……でも鈴村さん、結婚生活に憧れているって言ってたし、たぶん仕事との両立は大変だから、辞める事にしたんじゃないかな。北島さんのお子さんもまだ小さいし」

「まぁ、確かに刑事の仕事は色々大変だしね……。でも、鈴村さんって、本当に仕事が出来るから、沢村リーダーも自分が定年退職したら、この課の次のリーダーは年齢的にも鈴村さんだって言ってたぐらいなのに……」

「え、そうなの？」

「まだ新しい課とはいえ、一応、本庁の課だから、もしリーダーになったら大出世だし、警察の階級もかなり上がると思うのに、もったいないなって……」

「……そうだね」

美咲は皐月を見て、言った。

「……鈴村さんの事、自分からキャリアを捨てた、バカな女だって思う?」

皐月は美咲をじっと見て、

「……ううん、思わない」

「……」

「鈴村さんは自分の意思で、自分が一番欲しい物を手に入れたんだと、思う」

「……そうだね。私も、そう思う……」

美咲は前を見て、

「とりあえず私達は、明日からも仕事頑張るかぁ〜」

と、苦笑して言った。

「うん。仕事、頑張ろう」

皐月は笑顔で、返した。

第五話

動物園のライオン脱走事件

1

「うわ、遅刻しちゃう！」

皐月は部屋の壁時計を見て、慌ててスーツのジャケットを羽織った。

うっかり携帯のアラームが休日設定のままになっていて、寝坊してしまった……。

もう朝ご飯を食べる時間は無いけど、食べなかったら午前中、お腹が空いてしまって仕事に支障が出るかもしれない。どうしようか……。皐月は冷蔵庫を開けて、そこに入っている物に目が留まった。これでも持って行くか。

皐月は冷蔵庫から取り出すと、ジャケットの内ポケットに入れて、部屋を出た。


皐月は慌ててZTNTSKの部屋に飛び込んだ。良かった、ぎりぎり、遅刻しないで済んだ……。皐月が部屋の時計を見てホッとしていると、沢村が言った。

「鈴村が辞めたから、今日からチームを編成する。これからは俺と市川と鳴海、小笠原と館山でコンビを組む」

「え、ちょっと待って下さい。私、また市川さんと別のチームですか？　鳴海さんが来る前は私と市川さんでコンビだったじゃないですか。二人共、初期メンバーだって事もありましたけど。私はてっきり市川さんとのコンビに戻るのかと……」

美咲が不満げに異議を唱えると、沢村が、

「この前、ひったくり犯を捕まえた時に、気付いたんだ。やっぱり、一チームに一人、足が速いヤツがいた方がいいなって。だからこれからは市川と小笠原がコンビを組む事は無い」

「え……」

美咲は落胆したようにがっくりと肩を落とした。皐月がその様子を見て、気の毒だな……と思っている時、部屋の電話が鳴った。

「はい、ZTNTSKです」

沢村はいつもと同じように電話に出たが、一瞬、沢村の表情が止まった。

その後、若干、しどろもどろの口調で電話に応対している。

部屋の中にいた皐月を含めた全員が、驚いて沢村を見た。

どうしたんだろう……。いつも物事に動じない沢村リーダーが……。恐らくいつもと同じように、うちの課への応援要請の電話だろうけど、こんな風に動揺している沢村リーダーを初めて見た……。

皐月がそう思っていると、沢村が電話を切って、皆の方を向いた。

「事件が起きて、うちの課に応援要請が来た……」

「どういう事件ですか……？」

市川が慎重な様子で沢村に聞いた。

沢村は一呼吸置いてから、口を開いた。

「都内にある野原動物園から……雄ライオンが、脱走したらしい」

全員があっけに取られた表情で沢村を見た。

「動物園から、ライオンが脱走……？　まさか、そんな事があるわけ……」

美咲が呆然と呟いた。

「俺も聞いた時はまさかと思ったが、そのまさかが現実に起きた。ライオンが野原動物園から脱走したのは今からおよそ一時間前らしい」

「えっ!? 一時間も前なんですかっ?」

皐月が驚いて聞き返すと、

「発覚した当初は、国民には公表せず内輪で処理する予定だったらしい。公表したら、とんでもないパニックになるのは目に見えてるからな……。それで警視庁の機動隊と猟友会が捜索していたらしいが……」

「猟友会……? まさか、ライオンを射殺するつもりですか……?」皐月が聞くと、

「それはない。ライオンは野原動物園の所有物だからな。麻酔銃を使う予定らしい。ただ、思った以上に捕獲に時間がかかり、ドローンを使ったが未だにライオンの所在も特定出来ない状態らしい。それで警視庁が公開捜査に踏み切る事にしたらしく、これからテレビやネットで一斉に速報ニュースが流れる。うちの課も、捕獲に協力する事になった。とりあえずは野原動物園に向かう、行くぞ」

「……はい!」

ライオンの捕獲に協力……いったい、どんな協力になるか予想出来なかったため、皐月を含めた皆の返事が一呼吸遅れたが、沢村と一緒に急いで部屋を出た。

2

「え……冗談……？」

都内に住む、二十代後半の主婦、松山文香は、スーパーの中で思わず立ち止まって、呟いた。

お昼ご飯の買い物兼、夕ご飯の買い物のため、近所のスーパーに来て、レシピを確認するために、携帯をバッグから取り出したところ、突然、すごい音が鳴り響き、携帯画面に東京都からの緊急連絡情報が映った。

野原動物園から……雄ライオンが、逃げた？

え……野原動物園って、うちと同じ区にある……あの、動物園？

そこから、ライオンが逃げた……？

松山文香は、しばし呆然とした後、ハッと我に返り、自分の三歳の息子、裕也が通っている幼稚園に、電話を掛けた。しかし、電話は話し中の音が鳴っているだけだった。

松山文香は携帯をバッグに仕舞うと、直接幼稚園に行こうと決心し、急いでスーパーの出口に向かったが、ふいに立ち止まった。

そうだ、私は車で来ていない。うちに車はあるけれど、私は運転免許を持ってないから、今日も自転車だ。自転車で幼稚園に向かって……その途中で、もしライオンに遭遇したら？

松山文香は踵を返し、スーパーの生鮮食品売り場に向かった。

そこで、何の肉でもいいから、生肉を買おうと思った。万が一、ライオンに遭遇したらその時は、持っている肉を遠くまで放り投げたら、ライオンの注意を逸らす事が出来るかもしれない、と思った。松山文香が生鮮食品売り場に着くと、その場にいた人達が全員、生肉を買い物カゴに次々と放り込んでいく姿が見えた。

皐月達は覆面パトカーで野原動物園に着き、動物園内の事務所で、園長である中田弘道に対面した。

沢村は中田園長に、

「中田さん、もう警視庁の機動隊にはお話しされていると思いますが、私達にも、もう一度今回の事件の経緯を話していただけますか」

中田園長はすっかり意気消沈した様子で、頷いた。

「今朝……ライオンの食事前に、ライオンを運動場に出した状態で、檻の中を掃除していた飼育員が、掃除が終わった後、うっかり檻の鍵を閉め忘れて……そこから、ライオンが脱走しました……あっという間の出来事でした」

「檻の鍵を閉め忘れた？」

「決してあってはならない事です。ただ、今朝掃除をした飼育員は、普段は別の動物を担当しているんです。ライオン担当の飼育員が、昨日、交通事故に遭って入院してしまったので……それで、普段やり慣れていないライオンの檻の掃除で、ミスをしてしまったんだと思います。普段から人手不足で、飼育員は激務が続いているので、それで疲れていた事もあると思いますが……本当に、申し訳ありません」

中田園長は深々と頭を下げた。

「そうだったんですね……中田さん、私達に謝る事ではないです。激務が続いて、お疲れになっていた飼育員さんの事も、理解出来ます」

沢村は中田園長を気遣うように言った。皐月はそんな沢村の様子を見ながら、市川から聞いた、沢村が昔、仕事を頑張り過ぎて過労で体調を崩した話を思い出した。沢村リーダーは、自分が同じような経験をしているから、飼育員さんの事もよく分かるのかもしれないと思った。

「それではこれから、私達はライオンの捜索に出ますので、失礼します。あ、そうだ。捜索するにあたって、ライオンの……何て名前でしたっけ」

「ライオンの名前は、ソレイユです。フランス語で太陽の意味です」

「なるほど。ライオンのタテガミって、太陽みたいですもんね。そのソレイユが懐いていたような飼育員さんがいたら、出来れば同行して欲しいのですが。そういう人がいたら、ソレイユも姿を現すかもしれませんから。担当の方は入院中だと思いますが……」

「そうですね……」

中田園長は考え込んだように、俯いてから言った。

「一人、いるんですが……。今年の春から勤めている飼育員なんですが、担当の動物は別なんですが、たまにソレイユの餌やりなどを手伝っていたので、ソレイユもけっこう懐いていたというか。その飼育員が来ると、嬉しそうに近づいて来たりしてましたから。餌目当てかもしれませんが。ただ、その飼育員は、まだ若い女性なので……」

「若い女性だと、ライオンの捜索に参加させるのは確かに心配ですよね。でも、そこは私達を信じて下さい。捜索は車で行いますし、その方を危険な目には絶対遭わせません」

「……しかし」

中田園長が躊躇するような様子でいると、事務所のドアが開いて、二十代前半ぐらいに見える若い女性が顔を出した。

「あ、岩谷さん……。今、話した飼育員です」

中田園長が紹介すると、女性は、

「岩谷亜由美です。警察の方ですよね。私を、是非、ライオンのソレイユの……捜索に参加させて下さい」

女性はそう言うと、頭を下げた。

3

「もう皆、お迎えは来たの？」

保育士の吉住万里子は、心配そうにもう一人の保育士、森田美加に聞いた。

「ほとんど来ました。やっぱり皆さん、心配で、仕事を早退したりして来られたみたいで。会社の方から帰宅命令が出た人もいたみたいですが」

「まぁ、そりゃそうよね……。だってライオンが脱走したんだもんね……。正直言って、私も早く帰りたい……。もっとも今帰っても、私、自転車通勤だから、帰宅途中で遭遇しちゃうかもしれないけど」

「私は電車ですけど……でも電車やバスだって安心出来ないですよ。だって、電車やバスを待っている間に、遭遇する可能性があるじゃないですか。電車のホームの柵なんて低いから、ライオンだったら簡単に飛び越えられますよ。うわー、想像しただけで、怖い！そう考えると、警察が捕獲するまで園の中に留まっていた方がいいかも……」

「そうね……。あれ、さっきほとんどの子供のお迎えは来たって言ってたけど、まだ親が迎えに来ていない子がいるの？」

「一人いるんですよ……裕也君です」

美加は幼稚園の室内で、一人で絵本を見ている松山裕也に、心配そうに目を向けた。

「裕也君？　でも、裕也君のお母さんは確か専業主婦じゃなかった？」

「そうなんですよね……どうしたんでしょう」

「……」

万里子は松山裕也に近づくと、声を掛けた。

「裕也君。お母さんが迎えに来るまで、もうちょっと待ってね……」

松山裕也は絵本から顔を上げると、ニッコリと微笑んだ。


「岩谷さんは、普段は何の動物の担当なんですか？」

覆面パトカーの中で、沢村が飼育員の岩谷亜由美に聞いた。

パトカーを運転しているのが市川で、沢村は助手席、後部座席には皐月と美咲と館山と岩谷が座っていた。

「レッサーパンダです」

岩谷が答えると、

「レッサーパンダか……。ずいぶんライオンとは勝手が違いますね。でもレッサーパンダも可愛い顔の割にけっこう凶暴だって聞きますけどね。岩谷さんはライオンのソレイユの餌やりもやっていたんですよね？」

沢村が聞くと、

「そうですね……でも、人手不足なので。ライオンの担当は三上さんなので、私は時々、手伝っていただけです」

三上……その人が、事故で入院中だというソレイユの担当飼育員か、と皐月は思った。

「野原動物園のライオンって、ソレイユ以外にもいるんですか?」沢村が聞くと、

「はい。もう一頭、雌ライオンのマーガレットがいます。ソレイユとマーガレットは夫婦です」

「そうか……。マーガレットも夫が行方不明で心配だろうな。早く見つけてあげないとね」

「そうですね……仲の良い二頭なので……」

岩谷は心配そうに呟いた後、俯いた。


「松山裕也の母です！　迎えに来ました！」

松山文香が幼稚園の正面入り口に勢いよく飛び込んでくると、保育士の万里子はホッとした顔で出迎えた。文香の背後には男性の姿があった。

「あ、裕也君のお父さんもご一緒なんですね」万里子が言うと、

「はい、実は初めは自転車で幼稚園まで向かっていたんですが、途中で会社を早退して来た夫とバッタリ会って、車で行った方がいいという事になり、一度家まで戻ったんです。すみません、迎えが遅くなって……。先生達も早く帰りたいですよね」

「それでお迎えが遅れてしまったんですね。大丈夫ですよ、私達はしばらく園に留まる予定なので。今、裕也君を呼んできますね。裕也くーん、ママとパパがお迎えに来てくれたよー！」

万里子が室内に向いながら、大きな声で裕也を呼ぶと、床に座っていた裕也はパッと立ち上がり、絵本を持ったまま走って来た。

「ママ！」

「裕也、遅くなってごめんね。さ、早く帰ろう」

「ママ、ライオン、ライオン！」

裕也が満面の笑顔で言った。

「えっ？　ラ、ライオン？」

文香がギョッとした顔で聞き返すと、裕也は持っていた絵本をヒラヒラさせた。その絵本の表紙には、大きくライオンの顔が描いてあった。

「ああ……ライオンの絵本を読んでたのね……裕也は本当に、ライオンが好きね……。それは先生に返して、帰りましょうね」

文香は裕也の手から絵本を取って万里子に手渡した。裕也は不満そうに口を尖らせた。

文香は、そんな裕也を抱きかかえると、夫と一緒に幼稚園を出て、周囲を注意深く確認した後、駐車場に停めてある車に急ぎ足で向かった。

「館山、すまんが、今から鈴村に連絡を取って貰えるか。館山はずっと鈴村とコンビを組んでいたから、プライベートの連絡先も知ってるだろ？」

覆面パトカーの中で、沢村が言った。

「知ってますけど……どうしてですか？」

館山が訝しげに聞き返すと、

「鈴村は前世が猫だから、もしかしたら、な」と沢村が言った。

「……なるほど。分かりました。今から電話してみます」

館山がバッグから携帯を取り出した。

皐月はハッとした。そうか……。鈴村さんは前世が猫だから、たぶん猫語が分かる。そして、ライオンはネコ科だから、もしかしたら言葉が通じる可能性がある……。

館山は携帯を耳にあてたまま黙っていたが、携帯を耳から離すと、

「おかしいな……。電話が繋がらない……。ラインで連絡を取って見ます」

館山はすばやくラインのメッセージを送った。すると、すぐにラインの着信音が鳴った。

館山は携帯画面をじっと見つめた後、言った。

「沢村リーダー……鈴村さんから返信があったんですが……鈴村さん、今、新婚旅行に出掛けているそうです。旦那さんとお子さんと三人で、イタリア旅行中だそうです」

「こんな時に……。イタリアから駆け付けるのは難しいか……。仕方ない、別の方法を考えるか……あ、あれは!!」

フロントガラスから前方を見て、沢村が叫んだ。皐月も前を見た。皐月達が乗った覆面パトカーから少し離れた場所を、ライオンが悠々と歩いている姿が見えた。

「市川、車を停めろ！」

市川が急ブレーキを掛けた。

「小笠原、警視庁の機動隊と猟友会に連絡を取れ！」

美咲が携帯を手に取った。沢村は歩いて行くライオンをじっと見つめ、

「なんとか、ライオンをこの場に留めておかないと……。そうだ、何か食べ物を与えれば

いいかもしれない。朝から何も食べてなくて腹を空かせているだろうし……誰か、何か持ってないかっ？」

沢村が後方を振り返って言った。

皐月と携帯を持った美咲と館山と岩谷は首を振った。沢村は市川を見た。市川も首を振った。

「誰も持ってないのかよ……。市川は男だからいいとして、普通、女子ってのは何かお菓子を持ち歩いているもんじゃないのか……」

沢村はガッカリしたように呟いた。

「沢村リーダー、それって偏見ですよ……。私、あまり甘い物は好きじゃないです。私が好きなのは、炭水化物です。ご飯とか、パンとか、うどんとか……」

館山が憮然とした表情で返した。

「私は甘い物が好きですけど、ダイエットしてるので、持ち歩いたりはしないです。沢村リーダー、機動隊と猟友会はすぐこちらに向かうそうです」

電話を終えた美咲が言った。

「そうか……。何とか、着くまでにライオンをここに……。ああ、歩いていく……走り出して遠くに行ったらまずいな……。腹を空かせた獣は何をするか分からないから、被害が出る前に捕獲しないと……」

沢村が顔をしかめて言った。

腹を空かせた獣……。腹を空かせた……。沢村の言葉に皐月はハッとした。

「沢村リーダー！　私、おにぎりを持ってます！　今朝、朝ご飯を食べられなかったので持ってきたんです！　具材はシャケです！」

「おにぎりか……。ライオンが食べるかな。でもやってみるか……」

「沢村さん、大丈夫です！　ソレイユはライオンなのに珍しく、おにぎりが好きなんです！特にシャケのおにぎりは大好物です！」

岩谷が後部座席から身を乗り出して言った。

「よし！　鳴海、窓からおにぎりを投げろ！」

「車の外に出て投げます！　窓からだと遠くまで投げられないので」

「いや、それは危険だ」

「大丈夫です！　すぐに車の中に戻ります！」

皐月はおにぎりを包装紙から出すと、車のドアのロックを開けて外に出た。そして、おにぎりをライオンのいる方に向かって勢いよく投げた。おにぎりはちょうど、ライオンの目の前に落ちた。皐月は素早く車の中に戻ってまたロックを掛けた。

「鳴海、お手柄だ！」

沢村が笑顔で言った。

「私、肩には自信があるんです」

次の瞬間、ライオンはパクッとおにぎりを一口で食べると、走り去って行った。

皐月達は呆然とその光景を見送った。

「一口で、食べちゃいましたね……」

美咲が呟いた。

「小笠原……もう一度、機動隊と猟友会に連絡を取れ。ライオンが今の場所から西方向に逃走したと伝えろ」

「分かりました」

4

「すごい渋滞ね。それに、外を誰も歩いてないわね……この辺りはこの時間帯はけっこう人が歩いているのに」

車の助手席で、文香は車窓の外を見ながら不安そうに呟いた。

運転している文香の夫の恭介が、

「皆、怖くて家に閉じこもっているんだろうな……。早くライオンを捕まえて欲しいよ。全く、警察はいったい何をしてるんだよ……。とにかく俺達も早く家に帰りたいよな……」

その時、目の前の道路の信号が赤になり、文香達の車の前にいるタクシーが止まり、文香達の車もブレーキを掛けて止まった。

「ちっ。こんな時にタイミング悪いな……。あと少しで家なのに……」

恭介が舌打ちをした後、眉間に皺を寄せた。

「こうえん」

後部座席に座っている裕也が呟いた。

「え？　公園？　ああ、いつも遊んでいる公園ね……」

文香が車窓に顔を向けて公園を見ると、驚愕の表情になった。

「きょ、恭介……、公園に、ライオンがいる!!」

「えっ!? ホ、ホントだ……。ちくしょう、早く青になれ！」

恭介はイライラとハンドルを叩いた。

「ライオン！」

次の瞬間、後部座席にいる裕也がドアのロックを開けて、外に飛び出した。

「裕也っ!!」

裕也は止まっている車の隙間をすり抜けて走って行った。


皐月達を乗せた覆面パトカーが走っていると、沢村の携帯が鳴った。

「はい。ＺＴＮＴＳＫです。え、本当ですか……分かりました、すぐに向かいます」

「何かあったんですか」

運転しながら、市川が聞いた。

「機動隊と猟友会が、ライオンを見つけた。都民から通報があったらしい。ただ、まだ捕獲は出来ずに包囲している状態らしい……今から俺達も現場に向かう。市川、今から言う場所に行ってくれ」

「分かりました」

市川はハンドルを握り直した。


皐月は現場に着くと、唖然とした。公園の中にライオンが佇んでいて、機動隊と猟友会が、公園のフェンス越しに距離を置いてライオンを包囲していた。

そして、そのライオンから五メートルほど離れた場所に、小さな男の子がいた。

男の子は微動だにしない。ライオンの前で、体が硬直してしまっているのかもしれない。

「沢村警視正、お疲れ様です……」

現場に着くと、沢村に気付いた機動隊の一人が駆け寄って来て挨拶をした。

「どうして早く麻酔銃を使わないっ!?　男の子がいるのに！」

沢村が言うと、

「もう使ったんです。ただ、まだ効き目が出なくて……。若干、ふらふらはしていますが。ごくたまに、麻酔が効きにくい動物がいますが、もしかしたらあのライオンがそうなのかも……。本当だったらもう麻酔が効いて眠っている状態のライオンを公園の北口に横づけしている大型トラックの荷台に乗せている段階なんですが……」

皐月が公園の北口を見ると、確かに大型トラックが荷台の扉を開いた状態で置かれていた。

「何て事だ……このままじゃ男の子が……こうなったら、もう」

「分かっています。もう最後の手段です。今、上の方からのライオンの射殺許可を待っている状態です。猟友会の方が、準備中です」

機動隊の人は、隣にいる猟銃を持った人を振り返った。

「そうか……。しかし射殺許可を待っている間に男の子に何かあったら……。きっとライオンは腹を空かせているし……」

その時、突然、機動隊の人の側にいた文香が泣き出した。

「裕也が、裕也がライオンに食べられちゃう！　誰か、裕也を助けて！　助けて下さい！」

「落ち着け、文香」

隣にいる恭介が文香を必死になだめた。

沢村は二人を見て、

「この方達は?」

「あの男の子のご両親です……車の中で待機していただくようお願いしたんですが……」

「……そうか。何か、ライオンの気を逸らす物があったらな……。肉とか……」

文香はハッとした表情になって顔を上げた。

「肉！　私、持ってます！　さっきスーパーで生肉を買ったんです！」

文香はバッグの中に手を入れた後、

「どうしよう！　さっき一度家に戻った時、車だからもう大丈夫だと思って、冷蔵庫の中に生肉を入れてきちゃった！」

その時、機動隊の人の携帯が鳴った。機動隊の人は電話に出ると、

「はい……分かりました」電話を切った後、

「今、上から射殺許可が下りました。猟友会の方、お願いします」

猟銃を持った人は頷くと、銃口をライオンに向けた。それからじっとしていた。

「まだ撃たないんですか……。早くしないと裕也が……」

文香が焦ったように言うと、沢村が、

「失敗しないように標的の急所に狙いを定めているんです。もし外したら大変な事になりますから。手負いの獣ほど、恐ろしい物はないですからね。一発で仕留めないと……」

「……」

猟友会の人が引き金を引こうとした瞬間、

「待ってください!!」

突然、男の声が響き渡り、猟友会の人を含めたその場にいる全員が声の方に振り返った。

そこには、車椅子に乗っている若い男がいた。側にはタクシーが停まっていて、タクシー運転手と思われる男が車椅子を押していた。

「三上さん！　もう退院して大丈夫なんですかっ？」

男の姿を見て、岩谷が驚いたように言った。皐月は三上、という言葉を聞いて、この男性がライオンのソレイユの担当飼育員で、事故に遭って入院しているという三上か、と思った。

三上は岩谷の方を見て、

「病院に無理を言って一時退院したんだ。ソレイユが脱走したって知って、いてもたってもいられなくて……。猟友会の方、どうかソレイユを射殺しないで下さい。僕がソレイユを説得して、なんとかトラックに乗せますから」

「いや……ライオンを説得とか言われても……」

猟友会の人が、困ったように答えた。

「僕はソレイユが産まれた時からずっと一緒なんです。ソレイユの母親ライオンが育児放棄して、僕が哺乳瓶でミルクを与えて、育てたんです。僕とソレイユの間には、他の人には無い絆があります。僕の言う事だったら、きっとソレイユは聞いてくれると思います」

「絆って言われても、もう上から射殺許可が出ていて……」

「……いや、確かにそうかもしれない。三上さんに一度、ソレイユを説得してみて貰おう」

沢村が言うと、機動隊の人は驚いた顔をしたが、渋々頷いた。沢村が、

「三上さん、お願いします」

「はい。あの、運転手さん、すみませんが、もっとソレイユの側に行きたいので、僕を公園の中まで連れて行ってくれませんか」

三上が後を振り返って言った。車椅子を押していたタクシー運転手はギョッとした顔をして、

「それはちょっと無理です。頼まれたからここまで連れて来ましたけど、ライオンのいる公園の中までは……。すみませんが、お代もいただいたので、ここで失礼します」

タクシー運転手は車椅子から手を離すと、足早にタクシーに乗り込み、去って行った。

「ここからソレイユを説得するのは難しいですか」

沢村が三上に聞くと、

「大きい公園なので、少しソレイユが遠すぎます……。もっと側で語りかけた方が効果があると思います。すみません、誰か、僕を公園の中まで……」

その場がしん、と静まり返った。次の瞬間、市川が、

「僕が三上さんを連れて行きます」と言った。

「市川さんが行くなら、私も行きます！」

美咲が言った。その二人の言葉を制するように沢村が、

「いや、市川と小笠原はまずい。二人とも、前世がトイプードルだから、元のプードルが猟犬だって事もあって、ライオンが警戒するかもしれない。野生の勘で何かを感じ取るかもしれないからな。誰か他に……館山、行けるか？」

「えっ!?　わ、私ですかっ!?　でも私は前世が鳥なので、獲物だって思われる可能性が…

…」

　館山が少し後ずさりをして、言った。

「そうか。それもそうだな……。じゃあ、俺が」

「私が行きます」

　皐月が言うと、

「鳴海さん、危ないですよ！」と市川が言った。

　沢村が考え込んだ顔をして、

「いや、鳴海はまだ新人だし……」

「大丈夫です。私は沢村リーダーより若いし、いざって時に素早く逃げる事が出来ると思いますから」

「しかし……」

「こんな所で議論している暇はありません。早くしないと男の子が危険です」

「……そうだな。仕方ない、頼む」

「はい」

　皐月は三上の車椅子を押すと、公園の中に入って行った。

　車椅子がライオンと男の子がいる所から、十メートルほど離れた所まで来た時、三上が言った。

「止まって下さい。ここから、ソレイユに呼びかけます」

「はい……」

皐月は車椅子を止めた。

「ソレイユ！」

三上が叫んだ瞬間、ライオンが三上の方に振り返った。ライオンの側にいる男の子は、一切身動きをしなかった。

「ソレイユ……そんな所で何やってるんだよ。俺と一緒に動物園に戻ろう。お腹も空いてるだろ？　マーガレットも、お前の事を待っているよ。ほら、あそこにトラックが停まってるだろ？　あのトラックに乗って、動物園に戻ろう」

三上は公園の北口に止まっているトラックを指差した。

「ソレイユ……俺と一緒に、帰ろう……」

ライオンはしばらくずっと三上の事を見つめていた。

そして、男の子に背を向けると、ゆっくりとトラックの方に歩き出した。それからジャンプして、トラックの荷台に乗った。

「すぐに荷台の扉を閉めろ！」

沢村の声を合図に、機動隊の数人がトラックまで急いで駆け寄り、扉を閉めた。

5

「今日は皆、お疲れ！　いや～、無事に事件が解決して良かった！」

いつもの居酒屋で、皆で乾杯した後、上機嫌で沢村が言った。

「ライオンがトラックの荷台に入ってくれて良かったですよね。でも、びっくりしちゃいました。あんなに素直に飼育員の三上さんの言う事を聞くなんて……」

美咲が言うと、

「そうだな……俺も驚いた。でもあれは、めったに無い、レアなケースだと思う。ソレイユが赤ん坊の時から一緒だった三上さんだったから、出来た事というか……。三上さんとソレイユの間には、本当に強い絆があるんだろうな……。それこそ、親子のような……」

「そうですね……」

美咲がしみじみとした口調で言った。

「それにしても今日は鳴海が大活躍だったな！　よくやった！」

沢村が皐月の方を向いて褒めた。

「いいえ、私はおにぎりを投げたり、三上さんを公園の中まで連れて行っただけなので……」

皐月がそう言うと、皐月の隣に座っていた館山が、

「それがすごいわよ。普通はやっぱりビビっちゃうわよね。ライオンの側まで行くなんて……。本来だったら新人の鳴海さんじゃなくて、私が行くべきだったのに、ごめんね。つい、息子の顔が浮かんじゃって……」

館山が申し訳なさそうに俯いた。

「館山さん、結婚してるの？」

皐月が驚いて聞くと、

「うん。仕事中は結婚指輪は外しているけどね。息子は小一で、まだ七歳だから……もし私がいなくなったら、あの子はどうするんだろうって思っちゃって……。私、刑事失格だよね」

「……ううん。子供の事が心配になるのは当たり前だよ。とにかく、ライオンが無事に捕獲されて、本当に良かった。すごくホッとした」

皐月は笑顔になってハイボールを飲もうとした瞬間、眩暈を感じて頭を押さえた。

「え？　鳴海さん、大丈夫？」

館山が心配そうに声を掛けた。

「……うん。大丈夫。なんか、ずっと緊張してたから、気が緩んだみたい」

「そっか……。なんだか顔色もあまり良くないよね。今日はすごく寒かったし、風邪をひいたのかもね……。鳴海さん、確か明日は休みでしょ？　ゆっくり休んでね」

「うん……そうする。ありがとう」

皐月はハイボールを持ち直すと、ニッコリ笑った。

6

「三十八度……風邪だな」

朝起きて、体温計を見て、皐月は呟いた。

皐月はベッドの中に入ると布団を顔の所まで引き上げ、目を閉じた。

今日は家で、ゆっくり寝ていよう……。

その時、側に置いていた携帯が鳴った。

「……もしもし。あ、睦月？」

「大丈夫か？　皐月が風邪を引くなんて珍しい……」

根岸睦月はコンビニの袋から風邪薬を出すと、部屋のテーブルに置いて言った。

皐月はベッドの中から睦月に顔を向けると、

「そうだよね……風邪を引くなんて本当に久しぶりで、自分でもびっくり。ありがとう、睦月。わざわざ風邪薬を届けてくれて」

「いや、俺もちょうど休みだったし……。じゃあ、ゆっくり休めよ。風邪薬はテーブルの上だから。あと、レトルトのおかゆと、プリンは冷蔵庫の中に入れておいたから」

「うん。ありがとう。鍵はドアポストに放り込んどいて」

「分かった」

皐月は天井を見上げて、

「早く風邪を治して、仕事に復帰したいな……」

睦月は皐月をじっと見つめて、

「風邪で熱があるのにそんな事言うなんて、皐月は本当に刑事の仕事が好きなんだな……」

「そうだね。子供の時からの夢だったし」

「なんだか羨ましいよ。俺は特に夢とかなくて、ただちゃんと生きて行くために努力してきたって感じだから……。皐月はすごいよな」

皐月は睦月に顔を向けて、

「私は睦月の方がすごいと思う。ずっと努力して、勉強も頑張って、今はメガバンクで仕事を頑張っていて……。私は、ただ自分の好きな事のために頑張っているだけ。でもそれは、努力とはちょっと違う気がする……」

「……」

「ほら、恋愛とかもさ、好きな人のためならいくらでも頑張れるっていうじゃない？　回りから見たら、何でそこまで尽くすのって思われても、本人は別に頑張ってるつもりはないんだと思うんだよね。ただ、好きだから、やってるだけっていうか……」

「……」

「恋人のいない私が言っても説得力ないけどさ。でも、私の仕事に対する思いも、そんな感じなんだと思う……」

「そっか……」

「……うん」

「じゃあ俺帰るから」

「うん、今日はありがとう」

睦月は玄関に向おうとして、足を止めて振り向いた。

「あのさ、俺が今日電話したのは、実は話があって……」

皐月は目を閉じていた。

「……眠ったの？」

寝息をたてている皐月を見て、睦月は思わず笑った。

「眠るの、早……」

レストランの扉を開けると、皐月は店内を見渡し、睦月を見つけて駆け寄った。

「弥生はまだ来てないの？」

皐月は睦月のいるテーブルの椅子に座って聞いた。

「今日は弥生は呼んでない。皐月に話があるんだ」

「そうなんだ……そんな改まって、話って何？」

「うん……とりあえず、食事頼もうか」

「そうね。お腹空いてるし」

皐月と睦月はメニューを見てウエイトレスに食事を頼んだ。

「すっかり元気になったみたいで良かったよ」

睦月が言うと、

「この前はわざわざお見舞いに来てくれてありがとう。おかげでもうすっかり元気」

「……実はさ、あの時に話そうと思ったんだけど、皐月は風邪引いてるし、弱ってる時って判断力が落ちるから、やっぱり元気になってから話そうと思って」

「そうなんだ……」

皐月は訝しげに睦月を見た。判断力が落ちてるから話せないって……いったい何の話だろう。それに、わざわざ弥生を呼ばず、二人で話したいなんて……。

睦月は水を飲むと、口を開いた。

「俺……今度、転勤する事になったんだ」

「え、また転勤？　銀行員って本当に転勤が多いね。今度はどこに行くの？　東北とか？」

「けっこう遠くてさ……」

「もしかして北海道とか沖縄？　そうなるとなかなか会えなくなっちゃうね……でも今は格安飛行機とかあるし、休みの日に弥生と一緒に会いに行くよ」

「ロンドンなんだ」

「ロンドン!?　睦月の銀行って海外支店もあったんだ。さすがメガバンクだね」

睦月は俯いて、

「けっこう長くなるみたいでさ。三年は行く事になると思う」

「そうなんだ……」

睦月は顔を上げると、

「皐月に、一緒に来て欲しいんだ」

「え……?」

「俺と一緒にロンドンに行って欲しい」

「……」

「急に答えが出せないって事は分かってる。皐月はずっと夢だった刑事になったばかりだし……。だから、返事はすぐじゃなくていいから。ゆっくり考えて」

「……」

「お待たせしました!」

トレイに食事を乗せたウエイトレスの元気な声が皐月の頭上から響いた。


「それってプロポーズじゃん!　そうか〜、ついに睦月、言ったか〜」

携帯の向こうから、弥生の明るい声がした。

「ついに言った?」

皐月が聞き返すと、

「睦月はずっと皐月の事が好きだったんだよ。学生の時からずっと」

「弥生、どうしてそんな事知ってるの!?」

「いや、気付くでしょ、普通は。十八の時から、二十年近く一緒にいるんだもん。むしろ、気付かなかった皐月の方がすごいよ。鈍すぎない？　私、ずっと睦月の事が気の毒だったなぁ」

「……」

「告白しなかった睦月も悪いけどさ、でも私、睦月の気持ちも分かるような気がするな……睦月はさ、きっと怖かったんだよ。告白して、駄目だったら皐月と友達でいる事も出来なくなるって……。そんな事になるぐらいだったら、このまま、仲の良い友達でいた方がいいのかもしれないって。この二十年の間、彼女がいた事はあったかもしれないけど……」

「……」

「でも今回ロンドンに行く事になって、皐月と長い間会えなくなる事になって……やっと告白したんじゃないかな」

「……」

「皐月もさ、そんな睦月の真剣な気持ちに、ちゃんと真剣に答えてあげないとね……答えが、イエスでもノーでもさ」

「……」


翌日、いつものように出勤し、皐月が市川と沢村と街のパトロールに出ようとすると、沢村が椅子から立ち上がった途端、肩を落として言った。

「やっぱり駄目だ……」

「え？　どうしたんですか？」皐月が振り向いて聞くと、

「悪いけど、今日は市川と鳴海だけでパトロールに行ってくれるか？」

「沢村リーダー、具合でも悪いんですか？」

皐月が心配になって聞くと、

「いや、今朝から膝が痛くて……最近、急に寒くなったから、関節に響いてるのかな～」

「そんな、おじいちゃんみたいな……」

「いやいや、おじいちゃんじゃなくてもあるから、そういう事。じゃあ、今日は二人で頼む」

「分かりました。行きましょう、鳴海さん」

市川が笑顔で言った。

「そうだね……」

皐月と市川は部屋を出て行った。


「あ、雪ですよ、鳴海さん。雪、雪」

街中をパトロール中、公園を通りかかった時、市川が空を見上げて嬉しそうに言った。

皐月も空を見上げると、確かに曇り空から白い雪が舞い降りて来ていた。

「初雪ですね！　そういえば、もうすぐクリスマスですもんね」

市川はテンション高くそう言うと、公園の中に入り、空を見上げながら両手を空に差し出すようにして、走り回った。

皐月は思わず笑ってしまった。

さすが、前世が犬……。犬も喜び、庭駆け回るってやつだな……。

そういえば、セピアも雪が大好きだったな……。

皐月は市川の様子を微笑ましい気持ちで眺めている内にふと思った。

そうだ、睦月の事を、市川さんに相談してみようか……。睦月の事を、親しい男友達に相談してみようと思ったけれど、よく考えたら自分にとってそんな存在は、睦月だけだった。

市川さんだったら前世が犬とはいえ、一応男だし……何か良いアドバイスをしてくれるかもしれない。

「市川さん……」

皐月が呼びかけると、市川はハッとして、

「あ、すみません。勤務中に。パトロールを続けましょう」

市川は焦ったように言うと、皐月の側に駆け寄った。

「ううん、それはいいんだけど……あのね、ちょっと相談があって」

「相談？　何ですか？」

皐月は少し躊躇した後、口を開いた。

「こんな事、市川さんに話す事じゃないのかもしれないけど、他に相談出来る人がいなくて……」

「……僕で良かったら何でも聞きますけど」

市川は真面目な顔になって言った。

皐月はホッとした気持ちになって、

「私……大学の時から仲の良い男友達がいるんだけど……」

「……根岸睦月さんですね」

「え？　あ、ああ、そうなんだけど」

皐月は内心、なんで知ってるんだよ、と引いた気持ちになったが、とりあえず話を続けた。

「その睦月がね、今度ロンドンに転勤する事になって……」

「……銀行員って、転勤が多いんですよね」

「……？」

何で、睦月の職業まで……。と、とりあえず、ここまで話したんだから、続けるか。

「それで、睦月にロンドンに付いて来て欲しいって言われて……」

「……」

「私、悩んでいて……」

「……何を、悩んでるんですか？」

「え？」

皐月は市川に聞き返されて、思わず考えた。

何を、悩んでいる？

私は、何を悩んで……。皐月が考えていると、市川が言った。

「……ロンドンに、行かないで欲しいです」

「え……？」

市川は皐月を正面から見つめて言った。

「僕……鳴海さんと離れたくありません」

「……」

「僕はずっと……犬だった時から、前世の時からずっと……鳴海さんの事が好きなんです」

「……」

「飼い主として、じゃなくて……」

「……」

空の上から、雪が舞い降りて来る。

皐月の上に、市川の上に。

第六話

ずっと、あなたが、好きでした

1

皐月はソファーに座りながら、マンションの部屋の天井をぼんやりと眺めていた。

それから、携帯を手に取って電話を掛けた。

「あ、お母さん？　あのさ……明日から仕事が年末年始の休みだから、家に帰ってもいいかな。うん……そうなの、今年は実家で過ごそうと思って。じゃあ、お昼ぐらいに帰るから」

皐月はそう言うと、携帯を切った。


京成線の青砥駅の近くにある実家に着くと、皐月は見慣れた一軒家の玄関の鍵を開けると、「ただいまー」と言って中に入って行った。皐月は台所に入ると、

「うわ、すごいご馳走……。こんなに色々作ってくれなくても良かったのに」

皐月は椅子に荷物を置くと、台所のテーブルの上に並んだ料理の数々を見て驚いて言った。

母親の綾子は顔をしかめて、

「確かにお昼ご飯にしては量が多めね……。ほら、いつもは自分の分だけでしょ？　二人分作ろうと思ったら作り過ぎちゃった。まぁ、残してもいいから食べてよ。皐月の好きな物ばっかりだし」

「うん、ありがとう」

皐月は椅子に座ると、いただきます、と言って綾子と一緒に食べ始めた。

「そういえばお母さん、この前の検査結果はもう出たの？」

「うん、郵送で届いた。全然問題無し。健康そのもの」

「そっか。良かった……」

「体調が悪かったのは、自分で言うのも何だけどやっぱり働き過ぎだったのかもね。昔、働きながら皐月を一人で育ててた時は、今よりもっと働きづめだったけど全然平気だったんだけどね……さすがにもう年を考えないとね」

「……ねぇ、お母さん」

「え、何？」

「私さ……子供の時から刑事になるのが夢だったんだけど」

「知ってるわよ。小学三年生の時、おまわりさんに不審者から助けて貰ったのをきっかけに、自分も警察官になりたい、どうせなるなら刑事になりたいって思ったんでしょ。何回も聞いたわよ」

「……他にさ、私、何か言ってた？」

「他？」

「何か他に夢があるとか言ってた？」

「うーん。特に何も言ってなかったと思うけど……そうだなぁ……」

綾子は視線を宙に浮かせて考えるような顔をした。

「そうねぇ……まぁ、普通に女の子の夢を語ってたかな。お嫁さんになりたいとか、言ってたと思うわよ」

「……お母さん」

「何？」

「……昔、お父さんと一緒に住んでいた渋谷のマンションって、今でもあるのかな」

「さぁ……どうだろうね……あれからもう、二十年以上経つから……そう考えると、本当に時が経つのは早いわねぇ……」

「……」

綾子はそう言って、大皿に乗ったイモの天ぷらをパクッと食べた。

2

皐月はお昼ご飯を食べ終わると、電車に乗って渋谷に向かった。

渋谷駅からしばらく歩き、閑静な住宅街に着くと、子供の頃の記憶を頼りに歩いて行った。そして、立ち止まった。

「あった……ここだ……」

皐月は目の前の古いマンションを見上げた。

「まだ、あったんだな」

皐月はじっとマンションを見つめた。

遠くから子供達の声が聞こえる。もう年末だから、学校は休みなんだろう。

皐月は子供達の声に、自分の子供の頃の姿を重ねた。私は、ここを、この場所を、ランドセルを背負って歩いていた。友達と一緒に、走っていた。セピアを連れて、散歩していた。お父さんとお母さんと一緒に、手を繋いで、歩いていた……。

そんな平和な毎日が、当たり前のようにずっとずっと続くと、信じていた……。

だけど、違った。永遠に続く物なんて無い。そんな物、この世には無い。

子供だった私がその事に気付いたのは、小学四年生の時、セピアが亡くなった時だった。

私が産まれた時から側にいて、ずっと一緒に暮らしていた家族のようなセピアが、ある日、突然、いなくなってしまった。もう会えなくなってしまった。

その翌年、小学五年生の時、今度は父親がいなくなった。父親の浮気が発覚して、両親が離婚した。父親は出て行き、私も母親と一緒にこの住み慣れたマンションを離れた。

子供心に私は思った。悪い事って続くもんだな、と。

まるで不幸が不幸を呼ぶように……。

あの時からずっと、私は思っていたのかもしれない。

どうせ、いなくなってしまうなら。大切な物が、離れていってしまうなら。

初めから、いない方がいい。

そんな風にずっと。

何かを、諦めていたのかもしれない……。

「じゃあ私、仕事に行ってくるから」

綾子は朝ご飯を食べ終わると、椅子から立ち上がって言った。

「え、お母さん、今日も仕事なの？　てっきりもう休みなんだと」

「本当はもう年明けまで休みなんだけど、さっき職場からラインが来て、今日シフトだった人が風邪引いちゃったみたいで、ピンチヒッター。夕方には帰るから」

「分かった。いってらっしゃい」

　綾子が出掛けた後、皐月がぼんやりとリビングでテレビを見ていたら、携帯が鳴った。

　着信の名前を見ると弥生だった。

「もしもし？　どうしたの……え？　睦月が……？」

「そう、今日、ロンドンに飛行機で発つのよ。皐月、聞いてないの？」

「聞いてないよ……。睦月、そんな事、一言も……」

「そっか……。睦月は皐月に気を使ったんだろうね……。ほら、皐月にプロポーズしたけど、なかなか返事を貰えないから、たぶん駄目なんだろうなって思って……。それで皐月には黙ってロンドンに行くつもりなんだよ」

「……」

「飛行機の出発時間は夜だって言ってたから、今だったらまだマンションにいるかも」

「……」

「皐月……本当にこのままでいいの？」

「え……」

「睦月に会わないままで、後悔しない？」

「……」


　皐月はコートを着て、玄関を飛び出すと駅に向かって走り出した。住宅街を通り抜け、ソフトバンクの店舗前を通り過ぎ、バイオリンを弾くヨハン・シュトラウス2世の像が設置してある大勢の人で賑わう駅前まで来た時、突然、誰かにぶつかった。

「あ、ごめんなさい……え、市川さんっ？」

皐月の目の前に市川が立っていた。

「な、何でここに市川さんがいるの……？　まさか、私の事を付けて来て……」

市川は驚いた顔をして、

「誤解ですよ。僕は年末年始、本でも読もうかなと思って書店まで買いに来たんですよ……」

皐月が市川の手元を見ると、市川は駅前にある書店の書店名入りレジ袋を持っていた。

そういえば、市川さんの住んでいる所の最寄駅は青砥だったな……。

「ごめんなさい、誤解して。じゃあ、私、急ぐから」

皐月が駅の階段を昇ろうとすると、市川に腕を掴まれた。

「どこに、行くんですか……？」

皐月は市川をじっと見て、

「……ごめん、市川さん」

「え……」

「私、睦月に会いにいかなくちゃ！」

皐月は市川の手を振りほどくと駅の階段を駆け昇った。

睦月のマンションまで着くと、皐月はエントランスの扉を開けて中に入って行った。

皐月はエレベーターに乗って睦月の部屋のある五階まで行くと、廊下を走って睦月の部屋のインターホンを押した。

「睦月、私、皐月だけど、まだいるっ？」

しばらくして、部屋のドアが開いた。睦月は驚いた顔をして言った。

「何かあったのか？　マンションまで来るなんて……」

「今日、ロンドンに行くんでしょう？　弥生に聞いたよ。ひどいじゃない、私に黙って行くなんて……」

「え？」

「睦月、私、睦月が好き！」

「え……」

「やっと気付いたの……睦月が私の前からいなくなるって思ったら、やっと……」

「……」

皐月は俯いて、

「……だけど、刑事はやっぱり辞めたくないの……子供の時からの夢を、諦めたくないの……」

「……」

「私……睦月がロンドンから帰って来るのを日本で待ってちゃ、駄目かな……」

「……俺、ロンドンにはまだ行かないよ」

「え？」

皐月は顔を上げた。

「出発は年明けだよ。皐月に黙って行くわけないだろ。弥生、何でそんな嘘ついたんだろ」

「……」

　や、弥生のやつ……。

「でも……弥生には感謝しなくちゃな」

「え？」

「おかげで、皐月の気持ちが聞けた」

　睦月は笑って言った。

「……」

「俺……ロンドンには一人で行くよ。出来れば皐月に一緒に来て貰いたかったけど、俺に皐月の夢を奪う権利なんてないもんな……」

「……」

「皐月、弥生と一緒に、ロンドンに会いに来てよ」

　皐月は睦月をじっと見て、

「うん……分かった……会いに行くよ……」

　皐月はそう言うと、ポロポロと涙を流した。

「皐月……」

「あれ、何だろ、変だな……ホッとして、涙が出るなんて……」

「……」

　睦月は皐月を優しく抱きしめた。

　睦月の部屋の前の廊下の角の壁の向こうに、市川が立っていた。

市川は俯くと、目の前にある階段を降りて行った。

マンションを出て、電車に乗って青砥駅で降りて、市川が自分のマンションの前まで来ると、
ふいに後から声を掛けられた。

「あれ、市川さんじゃない！　偶然！」

市川が振り向くと、美咲が立っていた。

「小笠原さん……どうして……」

「私ね、この近くにお気に入りのケーキ屋さんがあるの。そこにケーキを買いに来たの。クリスマスはもう、過ぎちゃってるけど」

美咲は笑顔でケーキの箱を掲げた。

「そうなんだ……」

「うん。ねぇ、市川さん、良かったら一緒にケーキ、食べない？　私、甘い物が好きだから買い過ぎちゃったから」

「……」

「ね、食べようよ、甘い物食べると元気になるよ！」

美咲は笑顔で言った。

「……」

市川のワンルームの部屋に入ると、美咲がコーヒーを淹れて、テーブルの上にお皿を並べた。

「市川さん、ガトーショコラとショートケーキ、どっちがいい？」

「じゃあ、ショートケーキ」

「はい、どうぞ」

美咲はショートケーキをお皿に乗せてフォークと一緒に渡した。

「……ありがとう」

二人はケーキを食べ始めた。

ケーキを食べながら、市川が、

「俺……子供の頃からずっと、ショートケーキが好きなんだ」と呟いた。

美咲は市川をじっと見つめて、言った。

「……昔から好きな物って、なかなか変わらないよね。だって、ずっと好きだったんだもんね」

「……」

「分かるよ」

「……小笠原さん」

「あー、やっぱりここのケーキ、美味しい！　ね、市川さん」

「……うん、美味しい」

「でしょ、でしょ」

美咲は笑顔で言った。

3

年が明け、皐月と弥生に見送られて睦月はロンドンに旅立った。そして、仕事も始まり、皐月はいつもと同じように出勤した。ＺＴＮＴＳＫの部屋に入ると、市川と目が合った。市川は、

「明けましておめでとうございます」

と笑顔で皐月に挨拶した。

「明けましておめでとう……」

皐月もぎこちない笑顔で挨拶を返した。職場の皆で挨拶を交わし合った後、

「じゃあ、さっそく今年初のパトロールに行くかっ」

沢村がそう言って、皐月と市川と沢村の三人と、小笠原と館山の二人のコンビに分かれて部屋を出た。

「いや～、しかし今日は良い天気だなぁ。陽射しも暖かいし、小春日和ってやつだな」

皐月と市川と沢村で、見晴らしの良い場所の広い道路の横の歩道を歩いていると、沢村が機嫌良さそうに言った。

「やっぱり天気が良いと気持ち良いですよね」

皐月が答えると、

「そうだな。寒いと膝の調子も良くないしな……」

「膝……。それにしてもここら辺は初めて来ましたけど、なんだか倉庫が多いですね」

皐月が離れた場所に立ち並んでいるコンクリート製の倉庫を眺めながら言うと、

「この辺りは工業地域だからな。工場や倉庫が多いんだよな……」

沢村がそう言った時、背後からすごいスピードで走行して来たバイクが、青信号で横断

歩道を渡っている高齢の男性を、跳ね飛ばした。

突然目の前で起こった光景に皐月は呆然として言葉を失った。

皐月の隣にいた市川が、バイクが男性を跳ね飛ばした瞬間に走り出していた。皐月は思わず市川を見た。いくら市川さんでもバイクに追いつく事は……。

市川がバイクを運転している男の体に飛び掛かった。

お、追いついたっ!!

バイクを運転している男はギョッとした反応をし、市川を振り落とすように、大きく左に曲がった。その瞬間、市川は道路に放り投げだされた。

「市川さん！　大丈夫っ!?」

皐月は慌てて市川に駆け寄った。

市川はすぐに起き上がり、

「後を追います！」

そう言うと走って行くバイクを追って走り出した。沢村の声が響いた。

「鳴海も一緒に後を追え！　俺は救急車を呼ぶ！」

「分かりました！」

皐月もバイクの後を追って走り出した。

バイクは道路をしばらく走行した後、急に脇道に入って行った。

皐月は走りながら、あの道に入ると倉庫街だ……と思った。

倉庫が立ち並ぶ場所に皐月が着くと、すでに市川がいて、皐月に言った。

「あの男はたぶんこの場所のどこかに隠れていると思います。探しましょう」

「分かった……」

皐月と市川が倉庫の間の道を歩いていると、正面入り口の前にバイクが置いてある倉庫があった。

「市川さん、あのバイクってさっきの男の……」

「似てますね……」

市川が倉庫に近づき、入り口の引き戸のドアに手を掛けると、

「鳴海さん、この倉庫のドア……開いてます」

「え？」

市川はドアを開けた。

「どうして鍵がかかってないのかしら……まさか倉庫の管理者が掛け忘れたとか？　でもそんな不用心な事ってあるかな……」

皐月が訝しげに言うと、

「奇妙ですね……でも、とりあえず中に入ってみましょう」市川が言った。

「そうね……さっきの男が隠れているかもしれないし……」

皐月は頷くと、市川と一緒に倉庫の中に入った。

倉庫の中は誰もいなく、床にたくさんの木材が置かれていて、壁際にも木材が立て掛けられていた。床の上には木材だけではなく、たくさんの機材も置いてあった。

「ここはもしかしたら工場兼、倉庫なのかもしれないですね……。誰もいないって事は今日は休みなのかな」

市川が中を見回して言った。

「そうだね……。あ、あの部屋は何だろう。倉庫の中にある事務所かな」

皐月は倉庫の隅にあるドアの付いた部屋を見て言った。

「そうですね……さっきの男があそこに隠れているかもしれませんね。見てみましょう」

市川はそう答えた後、突然、表情を強張らせた。

「市川さん、どうしたの？」

皐月が聞くと、市川は強張った表情のまま、言った。

「地震だ」

「地震？」

皐月は一瞬、何を言っているんだろう、と思った。だって、全然揺れてない……。

皐月がそう思った瞬間、激しい揺れが二人を襲った。

その揺れと同時に、壁に立て掛けられた大きな木材が皐月に向かって倒れて来た。

「危ない！」

市川の叫び声が響いた。

皐月を庇った市川の上に木材が倒れ込んできた。

木材の下敷きになった状態で皐月は叫んだ。

「市川さん！　大丈夫っ!?」

「大丈夫です！」

市川はすぐに答えると、木材をゆっくりと体の上から外して、立ち上がった。

「鳴海さん、怪我はないですか」

「私は大丈夫。それより市川さんは……」

「僕も大丈夫です。それより、あの男を探さないと。あの事務所のような部屋を見てみましょう」

「そうだね」

皐月は市川と部屋に向かった。部屋にはドアの横に暗証番号を押すセキュリティの機械が付いていた。市川は開閉式のドアを見て、

「あれ、このドアも開いている……」

皐月が見ると、確かにドアには僅かな隙間があった。

「どうして暗証番号が付いているようなドアまで開いているんだろう……おかしいな」

市川が慎重な様子で言った。

「もしかしたら、さっきの地震で開いたのかも……。とにかく、中を見てみよう」

皐月が言うと、市川は頷いた。

ドアを開けた状態のまま部屋の中に入ると、スチール製の棚が並べられていて、棚の上にはたくさんの段バール箱が置かれていた。

「ここは書類の保管室なのかもしれませんね……」

市川が段ボールの中に入っている書類を見ながら言った。

「そうね。だからドアに暗証番号が付いていて……」

皐月が答えた時、後でガチャン、と音がした。

「えっ!?」

皐月が振り返ると、部屋のドアが閉まっていた。皐月がドアに駆け寄りドアノブを捻っ

たが、ドアは開かなかった。市川も駆け寄ってドアを見た。

「鳴海さん、ドアの内側にも暗証番号のセキュリティ機械が付いてます。閉じると自動的にロックがかかる仕組みで、開けるには暗証番号が必要なんだと思います……」

「そんな……じゃあ、閉じ込められたって事？」

皐月は慌てて携帯を取り出した。携帯画面は、圏外の表示になっていた。

「携帯が、通じない……」

皐月は呆然と呟いた。市川が、

「この倉庫はコンクリート製で、この部屋もコンクリートなので、二重になっているせいで電波が妨害されているのかもしれません……」

皐月はハッとした。

「まさか、さっきの男がドアを……」

「……その可能性はあります。恐らく、僕達をここに閉じ込めるためにわざと倉庫の前にバイクを置いて入り口のドアを開けておき、そして、中にある暗証番号の付いた部屋のドアも開けておいた……。そこまでこの倉庫に詳しいという事は、倉庫の関係者なのかもしれませんね……」

「どうしよう、携帯も通じないし……。明日になれば倉庫で働いている人達が出勤して来るかもしれないけど、それまでここにいるなんて……」

二人は黙り込んだ。

しばらくすると、皐月は妙な息苦しさを感じた。

「なんだか……息が、よく出来ない……」

「……この部屋はコンクリートで窓が無いので、酸素が薄いのかもしれません」

「そんな……」

市川は床に座り込み、スチール製の棚に寄り掛かった。

「ちょっと市川さん、そんな諦めモードに入らないでよ……」

皐月ががっかりした気持ちでそう言うと、市川は俯いたまま何も答えなかった。

「……市川さん？」

皐月は市川の側に行った。

「どうしたの？　具合でも悪いの？」

「いえ……大丈夫です」

皐月が市川をよく見ると、スーツの腕の袖から血が大量に流れていた。

「腕を怪我したのっ!?　まさか、さっき私を庇った時に……？」

「ちょっと痛いなとは思ってたんですけど……」

「どうして言わないのっ!!　早く病院に行かないと……」

皐月はスーツのポケットからハンカチを取り出すと、市川の腕を縛った。

「これで少しでも出血が止まればいいけど……」

「……ありがとうございます」

そう呟いた後、市川は目を閉じた。

「市川さん、しっかりして！　目を開けて！」

市川は目を閉じたまま動かなかった。

「……市川さん、お願い、目を開けて……」

皐月は市川を抱きしめた。

「私、もう……見たくないの……セピアが亡くなるところを……」

皐月はポロポロと涙を流した。

「私、セピアに元気でいて欲しいの……。幸せでいて欲しいの……。いつもいつも、ずっとそう願っているんだよ……」

皐月は涙を流したまま、目を閉じた。

それからずっと皐月は市川を抱きしめたまま動かなかった。


ふいに、市川が目を開けた。皐月はハッとして、

「市川さん、大丈夫っ!?」

「……足音が聞こえる」

「え？　足音？　そんな音は何も……」

「……こっちに近づいてくる」

皐月はドアの方を見た。しばらくすると皐月にも、足音のような物が聞こえてきた。

ドアの外で暗証番号を打つ音がして、それからドアが開いた。

開いたドアの向こうには、中年の男性が立っていた。

男が、皐月と市川を見て、言った。

「なんか、お邪魔しちゃったかな……」

「お邪魔って……」

皐月は不思議に思って聞き返した後、自分が市川を抱きしめている事に気付き、慌てて

市川から離れて、言った。

「誤解です!!」

「……誤解です」

皐月の大声の後に、市川の小さな声が続いた。

4

その後、市川は入院し腕の手術をした後、一週間ほどで退院し、出勤して来た。

「市川さん、もう治ったんですかっ!?」

美咲が市川に駆け寄って聞いた。市川は頷いた。

「市川さん、もう大丈夫なの?」

皐月が心配して言うと、

「はい、もうすっかり元気です。僕、回復が早いんです」

市川は笑顔で言った。沢村が、

「元気になって良かったよ。事件も無事に解決したし。バイクに轢き逃げされたご老人も、足を骨折してしまったが命に別状はなかったし、犯人も捕まったし……。轢き逃げ犯は、倉庫に市川と鳴海を閉じ込めようとしたり、かなり悪質だったがな……」

「犯人は、倉庫の関係者だったんですよね?」皐月が聞くと、

「ああ、あの倉庫兼工場で働いていた工場長だ。だから倉庫の鍵も持っていたし、暗証番号も知っていたんだろうな」

「私と市川さんが閉じ込められていたのを助けてくれたのは、倉庫の管理者ですよね。本当に助かりました。市川さんは怪我をしていて、私も部屋の酸素が薄くて息苦しかったので……」

「俺がご老人を救急車で運んだ後、バイクのナンバーを覚えていたので警視庁に調べて貰って本人を特定した。そして、あの倉庫で働いている事が分かった。その後、市川と連絡を取ろうとしたが携帯が通じないので、電波が妨害されるような場所に閉じ込められているのかもしれないと思って、あの倉庫じゃないかと、管理者に連絡を取って中を調べて貰ったんだ」

「そうだったんですね……」

皐月は沢村の話を聞いて思わず感心した。沢村さんは現場からの叩き上げで仕事が出来るという話を聞いていたが、それはもう昔の話だと思っていたけれど、やっぱり今でも、仕事が出来るんだな……。私はご老人がバイクで撥ねられた時、あまりの事態に気が動転してしまい、バイクのナンバーを覚える余裕なんて無かったのに……。

「じゃあ、今日もパトロールを始めるか。あ、悪いけど、今日は市川と鳴海で行ってくれ。俺は何だか、腰が痛くてな……」

沢村は腰を擦りながら溜息をついた。

「腰が痛いって……。沢村リーダー、この前は膝が痛いって言ってたのに今度は腰ですか？何だか本当におじいちゃんみたいですよ……」

皐月が少し呆れた気持ちで言うと、

「うるさいっ！　五十過ぎたら色々あるんだよっ、お前も俺の年になったら分かるよ。これだから若いヤツは……」

「私、別にもう若くないですよ。三十五だし」

「三十五なんて、俺から見たら全然若いよ！　ひよっこだよ！」

「そ、そうですか……じゃあ、市川さん、行こうか」

皐月は市川に向かって言った。

「はい」

市川は笑顔で答えた。

皐月と市川で住宅街を歩きながら、

「もう本当に腕の怪我は大丈夫なの？　無理してない？」と皐月が聞いた。

「大丈夫です。もう普段通り動かせます。それに、早く仕事復帰したかったし」

「そうなんだ。仕事が好きなんだね」

「そうですね。それに早く……鳴海さんに会いたかったんです」

「……うん。私も、早く市川さんに会いたかった」

「……ありがとうございます」

市川は空を見上げて、

「天気がいいですね」

「うん。空が、青い……」

二人は黙ったまま歩いた。しばらく歩いていると、歩道の脇の植え込みから、ニャ～と声がして、皐月が見ると、白黒のブチ柄の猫がいた。

「猫がいる。首輪をしていないから、野良猫かな」

皐月が猫に近づこうとすると、猫はサッと走って行ってしまった。

「野良猫は警戒心が強いですからね……。でも、可愛いですよね」

走り去って行った猫を眺めながら、市川が言った。

「可愛いよね。私、猫が一番好き」

「……え？」

「動物の中で猫が一番好き」

「で、でも、僕を、セピアを、子供の時に飼っていたじゃないですか……」

「それは父親が犬好きだったから。もちろん私も飼っている内に愛着が湧いて、犬の事も好きになったけどね。でもやっぱり、子供の時からずっと……猫が好き！」

「そ、そうだったんだ……」

市川はがっかりしたように肩を落とした。

その時、市川の携帯が鳴った。市川が電話に出ると、

「え？　はい、分かりました」

市川は電話を切った後、

「鳴海さん、今、館山さんから電話があって、水山公園で事件があったみたいです」

「水山公園っ？　ここからすぐ近くじゃない！　市川さん、すぐに向かおう！」

「は、はい！」

二人は青空の下、駆け出して行った。


（了）

※この小説はフィクションです。実在の人物、団体とは関係ありません。

著者紹介

宮川葵衣（みやかわ・あおい）

映画の脚本コンクールに入賞後、映画、ドラマの企画制作の仕事を続ける。その後、東京の小説教室で学ぶ。ミステリー小説「コールセンターの殺人」でミステリー作家デビュー。本書は二作目。

前世刑事～前世特殊能力特別捜査課～

2024年 12 月 26 日 初版第 1 刷発行

著　者――宮川葵衣
発行者――菅原直子
発行所――株式会社街灯出版
〒306-0101 茨城県古河市尾崎 3920-1
ＴＥＬ 0280-23-6625
東京営業所ＴＥＬ 03-6662-4095
製本所――文唱堂印刷株式会社
印刷所――文唱堂印刷株式会社

ISBN978-4-910508-03-0